La Fin de Chéri

Colette

La Fin de Chéri

Texte intégral

Chéri referma derrière lui la grille du petit jardin et huma l'air nocturne : « Ah ! il fait bon... » Il se reprit aussitôt : « Non, il ne fait pas bon. » Les marronniers pressés pesaient sur la chaleur prisonnière. Au-dessus du bec de gaz le plus proche vibrait un dôme de verdure roussie. Jusqu'à l'aube, l'avenue Henri-Martin, étouffée de végétation, attendrait le faible flux de fraîcheur qui remonte du Bois.

Tête nue, Chéri contemplait sa maison vide et illuminée. Un bruit de cristaux brutalisés lui parvint, puis la voix d'Edmée, claire, durcie pour la réprimande Il vit sa femme s'approcher de la baie du hall, au premier étage, et se pencher. Sa robe perlée de blanc perdit sa couleur de neige, capta le rayon verdâtre du bec de gaz, s'enflamma de jaune au contact du rideau de soie lamée qu'elle frôlait.

— C'est toi qui es là sur le trottoir, Fred ?

— Qui veux-tu que ce soit ?

— Tu n'as donc pas reconduit Filipesco ?

— Mais non, il avait déjà filé.

— J'aurais pourtant aimé... Enfin, ça n'a pas d'importance. Tu rentres ?

— Pas tout de suite. Trop chaud. Je me promène.

— Mais... Enfin comme tu voudras.

Elle se tut un instant et elle dut rire, car il vit trembler tout le givre de sa robe.

— Je vois juste de toi, d'ici, ton plastron blanc et ta figure blanche, suspendus dans du noir... Tu as l'air d'une affiche pour un dancing. Ça fait fatal.

— Comme tu aimes les expressions de ma mère, dit-il pensivement. Tu peux laisser monter tout le monde, j'ai ma clef.

Elle agita une main vers lui et une à une les fenêtres s'éteignirent. Un feu particulier, d'un bleu sourd, avertit Chéri qu'Edmée gagnait par son boudoir la chambre à coucher ouverte sur le jardin, au revers de l'hôtel.

« Pas d'erreur, songea-t-il. Le boudoir s'appelle à présent le cabinet de travail. »

Janson-de-Sailly sonna l'heure et Chéri, la tête levée, recueillit au vol les tintements de cloches comme des gouttes de pluie.

« Minuit. Elle est bien pressée de se coucher... Ah ! oui, il faut qu'elle soit à son hôpital à neuf heures, demain matin. »

Il fit quelques pas nerveux, haussa les épaules et se calma.

« C'est comme si j'avais épousé une danseuse classique, en somme. À neuf heures, la leçon : c'est sacré. Ça passe avant tout. »

Il marcha jusqu'à l'entrée du Bois. Le ciel, pâle de poussière suspendue, atténuait la palpitation des étoiles. Un pas égal doubla le pas égal de Chéri, qui s'arrêta et attendit : il n'aimait pas qu'on marchât derrière lui.

— Bonsoir, Monsieur Peloux, dit l'homme de la « Vigilante » en touchant sa casquette.

Chéri répondit en levant le doigt à la hauteur de la tempe, avec une condescendance d'officier qu'il avait apprise à fréquenter, pendant la guerre, ses collègues les maréchaux des logis, et dépassa l'homme de la « Vigilante », qui pesait de la main sur les portes de fer des petits jardins clos.

À l'entrée du Bois un couple d'amoureux, sur un banc, froissait des étoffes, mêlait des paroles étouffées ; Chéri écouta un moment le doux bruit d'étrave fendant une eau calme, qui montait des corps joints et des bouches invisibles.

« L'homme est un militaire, remarqua-t-il. Je viens d'entendre l'agrafe du ceinturon. »

Tous ses sens veillaient, allégés de pensée. Cette sauvage délicatesse de l'ouïe, elle avait apporté à Chéri, pendant certaines nuits tranquilles de la guerre, des plaisirs compliqués et de sagaces terreurs. Noirs de terre et de crasse humaine, ses doigts de soldat avaient su palper, à coup sûr, des effigies de médailles et de monnaies, reconnaître la tige et la feuille des plantes dont il ignorait les noms... « Hé, Péloux, dis vouâr é-c'qué c'est qué j'tiens là ? » Chéri revit le gars roux qui lui glissait sous les doigts, dans l'obscurité, une taupe morte, un petit serpent, une rainette, un fruit ouvert ou quelque ordure, et qui s'écriait : « Ah ! qu'i d'vine ben ! » Il sourit sans pitié à ce souvenir, et à ce mort roux. Il le revoyait souvent, son camarade Pierquin, couché sur le dos, dormant à jamais d'un air méfiant ; il parlait souvent de lui. Ce soir encore, Edmée avait habilement amené, après le dîner, le récit bref, construit avec une gaucherie étudiée, que Chéri savait par cœur et qui finissait par : « Alors Pierquin me dit : « Vieux, j'ai fait un rêve de chat, et puis j'ai rêvé encore la rivière ed' chez nous qu'elle était sale dégoûtante... Ça ne pardonne pas... » C'est à ce moment-là qu'il a été cueilli, et par un simple shrapnell. J'ai voulu l'emporter... On nous a retrouvés, lui sur moi, à cent mètres de là... Je vous en parle parce que c'était un brave type... C'est un peu à cause de lui que j'ai reçu ça. »

Tout de suite après cette suspension pudique, Chéri baissait les yeux sur son ruban vert et rouge et secouait la cendre de sa cigarette comme par contenance. Il considérait que cela ne regardait personne, si le hasard d'une explosion avait jeté, l'un en travers des épaules de l'autre, Chéri vivant et Pierquin mort. Car il arrive que la vérité, plus ambiguë que le mensonge, étouffe à demi, sous le poids énorme d'un Pierquin soudain immobile, un Chéri vivant, révolté et haineux... Chéri gardait rancune à Pierquin. Et d'ailleurs il méprisait la vérité depuis un jour d'autrefois où elle était sortie de sa bouche comme un hoquet, pour souiller et pour nuire...

Mais ce soir-là, chez lui, les commandants américains Atkins et Marsh-Meyer, le lieutenant américain Wood semblaient ne pas l'écouter. Leurs visages de premiers communiants sportifs, leurs yeux clairs, fixes et vides attendaient seulement, avec une anxiété presque douloureuse, l'heure du dancing. Quant à Filipesco... « À surveiller », estima laconiquement Chéri.

Une humidité odorante, exhalée des berges tondues plutôt que de l'eau épaissie, ceignait le Lac. Comme Chéri s'accotait à un arbre, une ombre féminine le frôla hardiment. « Bonsoir, gosse... » Il tressaillit à cause du dernier mot, proféré par une voix basse et brûlée, la voix de la soif, de la nuit sèche, de la route poudreuse... Il ne répondit rien, et la femme indistincte fit un pas vers lui sur des semelles molles. Mais il flaira une odeur de lainage noir, de linge porté et de chevelure moite, et il reprit à grands pas légers le chemin de sa maison.

La sourde lumière bleue y veillait toujours : Edmée n'avait pas encore quitté le boudoir-cabinet-de-travail. Sans doute elle écrivait, signait des bons de pharmacie et d'articles de pansement, lisait les fiches de la journée et les brefs rapports d'une secrétaire... Elle penchait sur des papiers ses cheveux crêpelés à reflet roux, son joli front d'institutrice. Chéri tira, de sa poche, la petite clef plate au bout d'une chaînette d'or :

« Allons-y. Elle va encore me faire l'amour avec une règle... »

Il entra sans frapper, à sa manière, dans le boudoir de sa femme. Mais Edmée ne tressaillit pas, et n'interrompit pas sa conversation téléphonique que Chéri écouta :

— Non, pas demain... Mais vous n'avez pas besoin de moi pour ça. Le général vous connaît très bien. Et au Commerce, nous avons... Comment, j'ai Lémery ? Mais pas du tout. Il est charmant, mais... Allô ?... Allô ?...

Elle rit, montra ses petites dents :

— Oh ! voyons, vous exagérez... Lémery est aimable avec toutes les femmes qui ne sont ni borgnes ni boiteuses... Quoi ? Oui, il est rentré, justement le voici. Non, non, je serai très discrète... Au revoir... à demain...

Un vêtement d'intérieur, tout blanc, glissant, du même blanc que les perles de son collier, découvrait une épaule d'Edmée. Libres, ses fins cheveux de négresse châtaine, un peu raidis par la sécheresse de l'air, suivaient tous les mouvements de sa tête.

— C'était qui ?... demanda Chéri.

Elle le questionna en même temps, pendant qu'elle suspendait les récepteurs :

— Fred, tu me laisses la Rolls, demain matin ? Ça fera mieux pour ramener le général ici déjeuner.

— Quel général ?

— Le général Haar.

— C'est un boche ?

Edmée fronça les sourcils.

— Fred, je t'assure, ce sont des plaisanteries un peu jeunes pour ton âge. Le général Haar visite mon hôpital demain. Il pourra dire en Amérique, à son retour, que mon hôpital ne craint pas la comparaison avec les établissements sanitaires de là-bas... C'est le colonel Beybert qui le conduit. Ils déjeunent ici après, tous les deux.

Chéri jeta à la volée son smoking sur un meuble.

— M'en fous, je déjeune en ville.

— Comment ?... Comment ?...

Une violence passagère parut sur le visage d'Edmée, mais elle sourit, ramassa le smoking avec soin, et changea de ton :

— Tu m'as demandé à qui je téléphonais ? À ta mère.

Chéri, renversé dans un fauteuil profond, ne dit rien. Il avait sur ses traits son masque le plus beau, et le plus immobile. Une sérénité désapprobatrice reposait sur son front, sur sa bouche qu'il prenait garde de clore sans contraction, doucement, comme dans le sommeil.

— Tu sais, continua Edmée, elle veut Lémery, au Commerce, pour ses trois bateaux de cuirs... Trois bateaux de cuirs qui sont dans le port de Valparaiso... Tu sais que c'est une idée ?... Seulement, Lémery ne donnera pas le permis d'importer, du moins il le dit... Tu sais combien les Soumabi offrent à ta mère comme commission minimum ?

De la main, Chéri balaya les bateaux, les cuirs et la commission.

— Barca, dit-il simplement.

Edmée n'insista pas, et se rapprocha tendrement de son mari.

— Tu déjeunes ici demain, n'est-ce pas ? J'aurai peut-être Gibbs, le reporter d'*Excelsior*, qui prendra des photos de l'hôpital, et ta mère.

Chéri secoua sa tête sans impatience.

— Non, dit-il. Le général Hagenbeck...

— Haar...

— ... un colonel – et ma mère avec son uniforme. Sa tunique – comment tu dis ? jaquette ? – à petits boutons de cuir... Sa sous-ventrière élastique... Ses pattes d'épaules... Son col officier et son menton qui coule par-dessus... Et sa canne. Non, tu sais... Je ne me fais pas plus brave que je ne suis : j'aime mieux m'en aller.

Il riait tout bas, et ne semblait pas gai quand il riait. Edmée posa sur son bras une main qui frémissait déjà d'irritation, mais se faisait légère :

— Tu ne parles pas sérieusement ?

— Que si. J'irai déjeuner au *Brekekekex...* ou ailleurs.

— Avec qui ?

— Avec qui je veux.

Il s'assit, secoua ses escarpins sans se pencher. Edmée s'adossa à un meuble de laque noire, et chercha les paroles qui ramèneraient Chéri au bon sens. Le satin blanc respirait sur elle au rythme de son souffle précipité, et elle croisa ses mains derrière son dos comme une martyre. Chéri la contempla avec une déférence dissimulée.

« Elle a vraiment l'air d'une femme bien, pensa-t-il. Les cheveux n'importe comment, en chemise, en peignoir de bain, elle a l'air d'une femme bien. »

Elle abaissa son regard, rencontra celui de Chéri, sourit.

— Tu me taquines, dit-elle plaintivement.

— Non, répondit Chéri. Je ne déjeunerai pas ici, voilà tout.

— Mais pourquoi ?

Il se leva, marcha jusqu'au seuil ouvert de leur chambre ténébreuse, parfumée de jardin nocturne, puis revint sur elle.

— Parce que. Si tu me forces à m'expliquer, je parlerai fort, je parlerai mal. Tu pleureras, tu laisseras glisser ton saut-de-lit « dans ton trouble », et... et malheureusement ça ne me fera rien du tout.

La même violence passa sur les traits de la jeune femme. Mais sa longue patience n'était pas à bout. Elle rit et haussa la ronde épaule, nue sous les cheveux.

— Tu peux toujours le dire, que ça ne te fera rien.

Il se promenait, vêtu maintenant de son seul caleçon court en mailles de soie blanche. Il marchait en éprouvant à chaque pas, soigneusement, l'élasticité du jarret et du cou-de-pied, et il frottait de la main, pour raviver leur bistre qui s'effaçait, deux petites cicatrices jumelles, sous le sein droit. Mince, moins pourvu de chair qu'à vingt ans, mais plus dur et mieux ciselé, il paradait volontiers devant sa femme, en rival plutôt qu'en amant. Il se savait plus beau qu'elle, et appréciait de haut, en connaisseur, la hanche abattue, le sein peu saillant, la grâce à lignes fuyantes qu'Edmée habillait si bien de robes plates et de tuniques glissantes. « T'as fondu, donc ? » lui demandait-il parfois, pour le plaisir de la peiner un peu, et de la voir cabrer, irritée, ce corps où la vigueur se dissimulait.

La réplique de sa femme lui déplut. Il la voulait distinguée, et muette, sinon insensible, dans ses bras. Il s'arrêta, abaissa ses sourcils, la toisa.

— Jolies manières, dit-il. C'est ton médecin en chef qui te forme ? La guerre, Madame !

Elle haussa son épaule nue.

— Ce que tu es enfant, mon pauvre Fred ! Une chance que nous sommes tout seuls. Me gronder, pour une plaisanterie... qui est un compliment... Me rappeler aux convenances, toi... toi ! après sept ans de mariage !

— Où prends-tu que ça fait sept ans ?

Il s'assit comme pour une discussion longue, nu, les jambes en V, allongées par ostentation sportive.

— Dame... Dix-neuf cent treize... Dix-neuf cent dix-neuf...

— Pardon, pardon ! Nous ne comptons pas sur le même calendrier. Ainsi, moi, je calcule...

Edmée fléchit un genou, se reposa sur une seule jambe, avouant sa fatigue, et Chéri l'interrompit :

— Ça avance à quoi, ce que nous faisons ici ? Couchons-nous, va. Tu as ta classe de danse demain à neuf heures, n'est-ce pas ?

— Oh ! Fred !...

Elle tordit et jeta une rose qui trempait dans un vase noir, et Chéri attisa le feu coléreux, mouillé de pleurs, qui brillait aux yeux d'Edmée.

— C'est comme ça que j'appelle ton solde de blessés, quand je me trompe...

Sans le regarder, elle murmurait, d'une bouche tremblante :

— Un sauvage... un sauvage... un être abominable...

Il ne désarmait pas, et riait.

— Qu'est-ce que tu veux que je te dise ? Pour toi, c'est entendu, tu accomplis une mission sacrée. Mais pour moi ?... Tu serais forcée d'être tous les jours à l'Opéra, dans la rotonde du haut, je n'y verrais pas de différence. Ça me laisserait tout aussi... tout aussi à part. Et ceux que j'appelle ton solde, eh bien, c'est des blessés, quoi. Des blessés un peu plus chanceux que d'autres, par hasard. Avec eux non plus je n'ai rien à faire. Avec eux aussi, je suis... à part.

Elle se retourna vers lui, d'un élan qui fit voler sa chevelure :

— Mon chéri ! n'aie pas de peine ! Tu n'es pas à part, tu es au-dessus de tout !

Il se leva, attiré par une carafe d'eau glacée dont la buée lentement se condensait en larmes azurées. Edmée s'empressa :

— Avec ou sans citron, Fred ?

— Sans. Merci.

Il but ; elle lui reprit des mains le verre vide, et il s'en alla vers la salle de bains.

— À propos, dit-il, la fuite, dans le ciment de la piscine... Il faudrait...

— C'est arrangé. L'homme des mosaïques en pâte de verre est le cousin de Chuche, un de mes blessés. Il ne s'est pas fait appeler deux fois, tu penses.

— Bon.

Il allait disparaître, il se retourna :

— Dis donc, cette affaire des *Ranch*, dont nous parlions hier matin, faut-il vendre, faut-il pas vendre ? Si demain matin j'en touchais un mot au père Deutsch ?

Edmée éclata d'un rire de pensionnaire :

— Penses-tu que je t'ai attendu ! Ce matin ta mère a eu une idée de génie, au moment où nous ramenions la baronne de l'hôpital chez elle.

— La mère La Berche ?

— Oui, la baronne... Ta mère lui en a, comme tu dis élégamment, touché un mot. La baronne est actionnaire de première heure, et ne quitte pas le président du Conseil d'administration...

— Sauf le temps de s'appuyer un kil de blanc.

— Si tu m'interromps à chaque mot !... Et à deux heures, tout était vendu, mon chéri ! Tout ! Le petit coup de feu de la Bourse – très éphémère – de l'après-midi nous met, simplement, deux cent seize mille francs en poche, Fred ! Ça en paie, ça, de la pharmacie et du pansement ! Je ne voulais te l'apprendre que demain, dans un de ces porte-billets étourdissants... Embrasse ?...

Il se tenait, blanc et nu, sous les plis d'une portière relevée, et regardait attentivement le visage de sa femme.

— Ben... dit-il enfin. Et moi, dans tout ça ?

Edmée secoua la tête avec malice.

— Ta procuration marche toujours, mon amour. « Le droit de vendre, acheter, passer en bail en mon nom... », etc., etc. Par exemple, je vais envoyer un souvenir à la baronne !

— Une bouffarde, dit Chéri, pensif.

— Ne ris pas ! Cette brave créature nous est si précieuse !

— Qui, nous ?

— Ta mère et moi. La baronne sait parler leur langue à nos hommes, et elle leur raconte des histoires un peu vertes, mais d'une saveur... Ils l'adorent !

Un rire bizarre trembla sur le visage de Chéri. Il laissa retomber derrière lui la portière sombre, dont la chute le supprima comme le sommeil efface la création d'un songe. Le long d'un corridor à demi éclairé de bleu, il avançait sans bruit, pareil à une figure flottante dans l'air, car il avait exigé, du haut en bas de sa maison, d'épais tapis. Il aimait le silence et la sournoiserie, et ne frappait jamais à la porte du petit salon que sa femme appelait, depuis la guerre, cabinet de travail. Elle n'en témoignait aucune impatience, devinait la présence de Chéri et ne tressaillait point.

Il se doucha, ne s'attarda pas dans l'eau fraîche, se parfuma distraitement et revint au petit salon.

Il entendait, dans la chambre à coucher voisine, qu'un corps couché froissait les draps, qu'un coupe-papier heurtait une porcelaine sur la table de chevet. Il s'assit, mit son menton sur sa main. À côté de lui, sur une petite table, il lut le menu du lendemain, préparé tous les jours pour le maître d'hôtel : « Homard thermidor, côtelettes Fulbert-Dumonteil, chaud-froid de canard, salade Charlotte, soufflé au curaçao, allumettes au chester... » Rien à redire. « Six couverts. » À ça, j'ai quelque chose à redire.

Il corrigea le chiffre, remit son menton sur sa main.

— Fred, tu sais l'heure qu'il est ?

Il ne répondit rien à la douce voix, mais il entra dans la chambre et s'assit devant le grand lit. Une épaule nue et l'autre voilée d'un peu de linge blanc, Edmée souriait malgré sa fatigue, elle se savait plus jolie couchée que debout. Mais Chéri, assis, remit son menton sur sa main.

— « Le Penseur », dit Edmée, pour le forcer à rire ou à bouger.

— Tu ne crois pas si bien dire, répliqua Chéri, sentencieux.

Il ramassa sur ses jambes les pans de sa robe chinoise et se croisa violemment les bras.

— Qu'est-ce que je fous ici ?

Elle ne comprit pas, ou ne voulut pas comprendre.

— Je me demande, Fred. Il est deux heures, et je me lève à huit. Encore une de ces petites journées, demain... Tu n'es pas gentil de traînasser comme tu le fais. Viens, voilà un peu de vent qui se lève. On va dormir en courant d'air, on croira qu'on couche dans le jardin...

Il faiblit, et n'hésita qu'un instant à jeter loin de lui son vêtement de soie, tandis qu'Edmée éteignait l'unique lampe. Elle se glissa contre lui dans l'obscurité, mais il la retourna adroitement, la prit d'un bras solide par la ceinture, murmura : « Comme ça, ça fait bobsleigh », et s'endormit.

Par la petite fenêtre de la lingerie, où il se tenait caché, il les vit partir, le lendemain matin. L'automobile œuf-de-cane, une autre longue voiture américaine mijotaient à tout petit bruit dans l'avenue, sous les marronniers épais et bas. Une fraîcheur imaginaire émanait du trottoir arrosé et de l'ombre verte ; mais Chéri savait qu'une matinée de juin, le mois brûlant de Paris, fanait de l'autre côté de l'hôtel, dans le jardin, le lac de myosotis bleus entre ses margelles de mignardises roses.

Une sorte de crainte agita son cœur, quand il aperçut, allant à la grille de la maison, deux uniformes kaki, des étoiles d'or, un képi liséré de velours grenat.

— En uniforme, naturellement, le schnock !

Chéri nommait ainsi le médecin-chef de l'hôpital d'Edmée, et il haïssait, sans le savoir, cet homme blond-roux qui disait à Edmée des mots techniques d'une voix caressante. Il murmura des injures confuses et cordiales à l'adresse du corps médical en particulier, et des porteurs obstinés d'uniforme en temps de paix. Il ricana parce que l'officier américain bedonnait : « Pour une nation de sportifs, qu'est-ce qu'il tient comme bide ! » et il se tut au moment où Edmée, vive, de blanc vêtue, de blanc chaussée, parut et tendit sa main gantée de blanc. Elle parlait haut, vite, gaiement. Chéri ne perdit pas un des mots jetés par la bouche rouge qui riait sur de si petites dents. Elle alla jusqu'aux voitures, revint, réclama à un valet de chambre un carnet oublié, l'attendit en bavardant. Elle s'adressait en anglais au colonel américain, et baissait la voix, par déférence involontaire, pour répondre au docteur Arnaud.

Derrière le rideau de tulle, Chéri tenait l'arrêt. L'habitude de la défiance et du mensonge figeaient ses traits dès qu'il cachait un sentiment vif, et il surveillait sa solitude même. Son regard allait d'Edmée au médecin, du colonel américain à Edmée, et elle leva les yeux plusieurs fois vers le premier étage, comme avertie.

— Qu'est-ce qu'ils attendent ? gronda-t-il tout bas. Ah... c'est vrai... Oh ! nom de Dieu !

Charlotte Peloux, dans une torpédo menée par un jeune chauffeur impersonnel et sans défaut, arrivait. Sanglée de gabardine, elle portait droite sa tête sous un petit chapeau-casquette, et l'on voyait sur sa nuque la frange de cheveux rouges, coupés court. Elle ne mit pas pied à terre, souffrit qu'on la vînt saluer, reçut le baiser d'Edmée et s'informa sans doute de son fils, car elle leva la tête vers le premier étage, dévoilant ainsi ses yeux magnifiques où errait, comme aux grands yeux des pieuvres, un rêve inhumain et obscur.

— Elle a sa petite casquette, murmura Chéri.

Il frémit singulièrement, s'en gourmanda, et sourit quand les trois automobiles démarrèrent. Il attendit patiemment que sa « voiture de garçon » se rangeât, à onze heures, au trottoir, et l'y laissa encore un bon moment. Deux fois il tendit la main vers le téléphone, et la laissa retomber. Sa velléité de convoquer Filipesco tomba vite, puis l'envie lui vint d'aller cueillir le fils Maudru et sa petite amie.

« Ou bien Jean de Touzac encore... Mais à cette heure-ci, il est encore noir, et il ronfle. Ah ! tout ça... tout ça ne vaut pas Desmond, il faut être juste... Pauvre vieux... »

Il pensait à Desmond comme à un mort de la guerre ; mais avec la pitié qu'il refusait aux morts. Desmond, vivant et perdu pour lui, lui inspirait une mélancolie presque tendre, et le respect jaloux dû à l'homme pourvu d'une « situation ». Desmond dirigeait un dancing et vendait des antiquités aux Américains. Pâle et sans force pendant une guerre qui l'avait vu porter tout ce qui n'est pas une arme, – paperasses, gamelles, vases souillés des hôpitaux – Desmond mordait à même la paix avec une fureur guerrière, dont les rapides fruits étonnaient Chéri. Le *Desmond's*, établi à l'étroit dans un hôtel particulier, avenue de l'Alma, abritait sous sa pierre de taille épaisse, sous ses plafonds à hirondelles et à aubépines, entre ses verrières à roseaux et à flamants, des couples frénétiques et muets. On dansait au *Desmond's*, le jour et la nuit, comme on danse au lendemain d'une guerre : les hommes, jeunes et vieux, délivrés du souci de penser et de craindre, vides, innocents, les femmes vouées à un plaisir plus grand que la volupté précise : la compagnie de l'homme, le contact de l'homme, son odeur, sa chaleur roboratives, la certitude, de la tête aux pieds éprouvée, d'être la proie d'un homme tout entier vivant, et d'obéir dans ses bras à un rythme aussi intime que celui du sommeil.

« Desmond s'est couché à trois heures, ou trois heures et demie, calcula Chéri. Il a assez dormi. »

Mais il laissa encore une fois retomber sa main tendue vers le téléphone. Il descendit rapidement, sur la laine élastique et haute qui couvrait tous les parquets de sa maison, regarda avec mansuétude, en passant près de la salle à manger, cinq assiettes blanches, en couronne autour d'une vasque de cristal noir où voguaient des nymphéas roses, du même rose que la nappe, et ne s'arrêta qu'à la glace qui doublait l'épaisse porte du parloir, au rez-de-chaussée. Il cherchait et redoutait cette glace, qu'une porte-fenêtre trouble et bleue, assombrie encore par les feuillages du jardin, éclairait en face. Un choc léger arrêtait Chéri, chaque fois, contre son image. Il ne comprenait pas pourquoi cette image n'était plus exactement l'image d'un jeune homme de vingt-quatre ans. Il ne discernait pas les points précis où le temps, par touches imperceptibles, marque sur un beau visage l'heure de la perfection, puis l'heure d'une beauté plus évidente qui annonce déjà la majesté d'un déclin.

Il ne pouvait être question, dans la pensée de Chéri, d'un déclin qu'il eût en vain cherché sur ses traits. Il butait simplement contre un Chéri de trente ans, ne le reconnaissait pas tout à fait, et se demandait parfois : « Qu'est-ce que j'ai ? » comme s'il se fût senti un peu malade ou habillé de travers. Puis il passait la porte du parloir et n'y pensait plus.

Le *Desmond's*, établissement sérieux, ne dormait pas à midi, malgré ses nuits longues. Un concierge lavait à la lance sa cour pavée ; un valet poussait hors du perron le tas d'immondices distinguées, – poussière fine, papier d'étain, bouchons à calotte de métal, bouts de cigarettes dorées et chalumeaux de paille rompus – qui attestait quotidiennement la prospérité du *Desmond's*. Chéri franchit d'un saut ce reliquat d'une veille laborieuse, mais l'odeur de la maison lui barra la route comme une corde tendue. Quarante couples, encaqués, y avaient laissé l'odeur, le souvenir de leur linge trempé, refroidi et pénétré de fumée flottante. Chéri reprit courage et s'élança dans l'escalier rétréci par une rampe de chêne massif et ses balustres en cariatides. Desmond n'avait pas gaspillé l'argent à rajeunir le luxe étouffant de 1880. Deux cloisons abattues, une glacière dans le sous-sol, un jazz grassement appointé, il n'en faudrait pas plus pendant une année encore. « Je ferai moderne pour attirer le monde, quand on dansera moins », disait Desmond. Il couchait au second étage, dans une chambre envahie par le liseron peint et la cigogne en verrières ; il se baignait dans du zinc émaillé, au long d'une frise de plantes fluviales en céramique, et le vieux chauffe-bains ronflait comme un bouledogue hors d'âge. Mais le téléphone brillait ainsi que l'arme quotidiennement exercée, et Chéri, bondissant de quatre marches en quatre marches, trouva son ami qui semblait boire, lèvres au calice, la ténébreuse haleine du récepteur. Il abaissa sur Chéri un regard errant, qui se posa à peine et regagna la corniche de convolvulus. Le pyjama jaune d'or blettissait son visage de veilleur, mais Desmond, grandi par le gain, avait dépassé le souci de sa laideur.

— Bonjour, dit Chéri. Me voilà. Ça fouette, dans ton escalier. Pire qu'un terrier.

— À douze, vous n'aurez pas le *Desmond's*, disait Desmond à l'invisible. Je ne suis pas embarrassé pour avoir Pommery à ce prix-là. Et pour ma cave personnelle, Pommery a du onze sans étiquettes... allô... oui, les étiquettes décollées dans le chambardement... qui fait mon affaire. Allô...

— Tu viens déjeuner, j'ai la bagnole en bas, dit Chéri.

— Non, et non, dit Desmond.

— Quoi ?

— Non, et non. Allô ?... Du sherry ! Vous vous foutez de moi. Je ne suis pas une boîte à liqueurs. Le champagne, ou rien. Ne perdez pas votre temps ni le mien. Allô... C'est possible. Seulement pour l'instant j'ai la vogue. Allô... Deux heures exactement. Je vous salue bien, Monsieur.

Il s'étira, avant de tendre mollement la main. Il ressemblait toujours à Alphonse XIII, mais la trentaine et la guerre avaient fixé à son sol nourricier cette oscillante graminée. Survivre, ne pas se battre, manger chaque jour, abuser, simuler, autant de victoires dont il sortait affermi et confiant en soi. L'assurance, la poche emplie le rendaient moins laid, et l'on pouvait compter qu'à soixante ans il donnerait l'illusion d'avoir passé pour un joli homme à grand nez et à grandes jambes. Il regardait Chéri de haut, en face, d'un œil réconcilié, et Chéri détournait la tête.

— Quoi, t'en es là ? Viens, mon vieux, il est midi et tu te lèves !

— Premièrement, je suis prêt, répliqua Desmond en entrouvrant son pyjama sur une chemise de soie blanche, cravatée d'un papillon mordoré. Deuxièmement, je ne déjeune pas en ville...

— Ça, dit Chéri, ça... Je ne trouve pas de mots !...

— ... Mais si tu veux, j'ai deux œufs au plat pour toi, la moitié de mon jambon, la moitié de ma salade, de mon stout et de mes fraises. Un café sans supplément.

Chéri le regarda avec une fureur de faible.

— Pourquoi ?

— Affaires, dit Desmond en nasillant exprès. Champagne. Tu as bien entendu. Ah ! ces marchands de vin ! Si on ne leur serrait pas la vis... Mais je suis là.

Il noua ses mains l'une à l'autre, et la fierté commerciale craqua dans ses phalanges :

— C'est non ? c'est oui ?

— C'est oui, chameau !

Chéri lui jeta son feutre mou à la figure, mais Desmond ramassa le chapeau et l'essuya du coude, pour montrer que les gamineries n'étaient plus de saison. Ils eurent les œufs refroidis, le jambon et la langue, et la bonne bière noire à écume beige. Ils parlaient peu, et Chéri, regardant la cour pavée, s'ennuyait avec déférence.

« Qu'est-ce que je fais ici ?… Je fais que je ne suis pas chez moi, devant les côtelettes Fulbert-Dumonteil. » Il imagina Edmée en blanc, le colonel américain poupin, et Arnaud, le médecin en chef devant qui Edmée jouait la fillette docile. Il pensa aux pattes d'épaules de Charlotte Peloux, et reportait sur son hôte une sorte de tendresse infructueuse, au moment où celui-ci l'interrogea brusquement :

— Sais-tu combien on a bu de champagne ici cette nuit, entre hier quatre heures et ce matin quatre heures ?

— Non, dit Chéri.

— Et sais-tu combien de bouteilles, entrées pleines, sont sorties vides, du 1er mai au 15 juin ?

— Non, dit Chéri.

— Dis un chiffre.

— Je ne sais pas, grogna Chéri.

— Mais dis ! Dis un chiffre, suppose, voyons ! Dis un chiffre !

Chéri gratta la nappe comme à l'examen. Il souffrait de la chaleur et de sa propre inertie.

— Cinq cents, dit-il avec peine.

Desmond se renversa sur sa chaise et son monocle décocha au passage une blessante flèche solaire dans l'œil de Chéri.

— Cinq cents ! Tu me fais rire.

Il se vantait. Il ne savait rire que par une sorte de sanglot des épaules. Il but son café, pour préparer mieux la stupeur de Chéri et reposa sa tasse :

— Trois mille trois cent quatre-vingt-deux, mon petit. Et sais-tu combien me laisse, en poche…

— Non, interrompit Chéri. Et je m'en fous. Assez. J'ai ma mère pour ça. Et d'ailleurs…

Il se leva, et ajouta, d'une voix hésitante :

— D'ailleurs l'argent... ne m'intéresse pas.

— Drôle, dit Desmond, blessé. Drôle. Amusant.

— Si tu veux, dit Chéri. Non, figure-toi que l'argent... ne m'intéresse pas... ne m'intéresse plus.

Ces mots simples sortirent péniblement de sa bouche et il ne releva pas le front. Il poussait du pied, sur le tapis, une croûte de biscotte, et l'embarras de sa confession, son regard dérobé, le rendaient pour un instant à sa merveilleuse adolescence.

Desmond lui accorda pour la première fois l'attention critique du médecin au malade : « Ai-je affaire à un simulateur ?... » Comme un médecin, il usa de paroles confuses et apaisantes :

— Un moment à passer. Tout le monde se sent un peu décollé. On ne se reconnaît plus. Le travail est un merveilleux moyen de recouvrer l'équilibre, mon vieux... Ainsi moi...

— Je sais, interrompit Chéri. Tu vas me dire que je manque d'occupation.

— C'est que tu le veux bien, railla Desmond condescendant. Ah ! quel temps béni...

Il allait avouer son exultation de négociant, et se contint à temps.

— C'est aussi affaire d'éducation. Évidemment, aux côtés de Léa, tu n'as pas appris la vie. Le maniement des choses et des gens te manque.

— On le croit, dit Chéri irrité. Léa, elle, ne s'y trompait pas. Preuve que je ne mens pas, elle se méfiait de moi, et elle me parlait toujours avant d'acheter ou de vendre.

Il bomba le poitrail, fier d'un temps passé où méfiance était synonyme de considération.

— Tu n'as qu'à t'y remettre, à l'argent, conseilla Desmond. C'est un jeu qui ne passe pas de mode.

— Oui, acquiesça Chéri, les yeux vagues. Oui, bien sûr. J'attends seulement.

— Tu attends quoi ?

— J'attends... je veux dire j'attends une occasion... une occasion meilleure...

— Meilleure que quoi ?

— Tu m'embêtes. Un prétexte, si tu veux, à reprendre en main tout ce que la guerre m'a ôté pendant longtemps... Ma fortune, qui est, en somme...

— Assez considérable, suggéra Desmond.

Avant la guerre il eût dit : « énorme », et sur un autre ton. Chéri rougit d'une humiliation fugitive.

— Oui... ma fortune, eh bien, la petite, ma femme, s'en occupe.

— Oh ! blâma Desmond, choqué.

— Et bien, je t'assure. Deux cent seize mille avant-hier sur le petit coup de fièvre de la Bourse. Alors, je me demande, n'est-ce pas, comment intervenir... Qu'est-ce que je fiche dans tout ça ? Quand je veux m'en mêler, elles me disent...

— Qui, elles ?

— Eh, ma mère et ma femme... Elles me disent : « Repose-toi. Tu es un guerrier. Veux-tu un verre d'orangeade ? Passe donc chez ton chemisier, il se moque de toi. Et rapporte-moi en passant mon fermoir de collier qui est à la réparation... » Et ci, et ça...

Il s'animait, cachant de son mieux son ressentiment, mais les ailes de son nez remuaient en même temps que ses lèvres.

— Alors, est-ce qu'il faut que je place des autos, que j'élève du lapin angora, que je dirige une industrie de luxe ? Faut-il que je m'engage infirmier ou comptable dans le bazar, là, l'hôpital de ma femme...

Il marcha jusqu'à la fenêtre, revint violemment à Desmond.

— ... sous les ordres du docteur Arnaud, médecin en chef, et que je passe les cuvettes ? Faut-il que je prenne un dancing ? tu vois la concurrence...

Il rit pour faire rire Desmond, mais Desmond, qui s'ennuyait sans doute, tenait son sérieux.

— Depuis quand est-ce que ça t'a pris de penser à tout ça ? Tu n'y pensais pas, ce printemps, ni l'hiver dernier, ni avant ton mariage.

— Je n'avais pas le temps, répondit Chéri avec naïveté. On a fait un voyage, on a commencé d'installer l'hôtel, on a acheté des voitures juste pour se les voir réquisitionner. Tout ça a amené la guerre... Avant la guerre... avant la guerre j'étais... un gosse de riche, – j'étais un riche, quoi.

— À présent aussi.

— À présent aussi, répéta Chéri.

Il hésita de nouveau, cherchant ses mots :

— À présent, ce n'est plus la même chose. Les types ont la danse de Saint-Guy. Et le travail, et l'activité, et le devoir, et les femmes qui servent le pays… Tu parles, et qui sont folles pour le pèze… Elles sont commerçantes que c'en est à vous dégoûter du commerce. Elles sont travailleuses à vous faire prendre le travail en abomination…

Il leva sur Desmond son regard incertain :

— C'est donc mal, d'être riche, et de se laisser vivre ?

Desmond jouissait de son rôle, et se payait d'une servitude ancienne. Il posa une main protectrice sur l'épaule de Chéri :

— Mon petit, sois riche et laisse-toi vivre. Dis-toi que tu incarnes une aristocratie ancienne. Les barons féodaux sont tes exemples. Tu es un guerrier.

— Merde, dit Chéri.

— C'est un mot de guerrier. Seulement, laisse travailler les types qui sont des travailleurs.

— Toi, par exemple.

— Moi, par exemple.

— Évidemment, tu ne te laisses pas encombrer par les femmes, toi.

— Non, dit Desmond sèchement.

Car il cachait à tous un goût pervers pour sa caissière-comptable, une brune douce, un peu duvetée et hommasse, le cheveu tiré, une médaille au col, qui avouait avec un sourire : « Moi, je tuerais pour un sou. Je suis comme ça. »

— Non. Ça non ! Tu ne peux donc parler de rien sans y mêler tout de suite « ma femme, les femmes… » et encore : « Du temps de Léa… » Il n'y a donc pas d'autres sujets de conversation, en 1919 ?

Chéri semblait écouter, par-delà la voix de Desmond, un autre son, intelligible déjà, encore lointain. « D'autres sujets de conversation ? » se répéta-t-il. « Pourquoi y en aurait-il d'autres ?… » Il rêva, maté par la lumière, la chaleur croissantes à mesure que le soleil tournait. Desmond parlait, inaccessible à la congestion et couleur de scarole d'hiver. Chéri entendit les mots : « petites poules… » et écouta.

— Oui, tout un noyau de relations amusantes, que je mets bien entendu à ta disposition… Et quand je dis petites poules, c'est parler légèrement d'une sélection unique, tu entends, unique… Mes habituées, un gibier fin, encore affiné par ces quatre années… Ah ! mon vieux, quand les capitaux rappliqueront assez fort, quel restaurant je monterai… Pas plus de dix tables qu'on s'arrachera… Je couvre la cour… Mon bail me garantit mes travaux, tu penses ! Un lino-liège pour la danse, au milieu, des projecteurs… C'est ça, l'avenir, c'est ça !…

Le trafiquant en tangos s'exprimait comme un fondateur de villes, et tendait le bras vers la fenêtre. Le mot « avenir » heurta Chéri, qui se tourna vers le point que visait Desmond, là-haut, au-dessus de la cour… Il ne vit rien, et se sentit las. Le soleil de deux heures, réverbéré, châtiait tristement le petit toit d'ardoises de l'ancienne écurie, où logeait le concierge du *Desmond's*.

— Quel hall, hein ! dit Desmond avec ferveur en montrant la courette pavée. Ça viendra, et vite !

Chéri regardait profondément celui qui attendait et recevait, de chaque journée, sa manne. « Et moi ? » pensa-t-il tout bas, frustré…

— Tiens, mon marchand de vinasse ! s'écria Desmond. Sauve-toi, je vais le chambrer comme un Corton.

Il serra la main de Chéri dans une main qui avait changé. D'étroite et fondante, elle s'était faite large, exigeante, camouflée en main probe et un peu dure. « La guerre… » persifla Chéri en lui-même.

— Tu vas… ? demanda Desmond.

Il retenait Chéri sur le perron, le temps d'exhiber au marchand de champagne un client décoratif.

— Par là, dit Chéri avec un geste.

— Mystère, murmura Desmond. Va, grande sultane !

— Oh ! non, dit Chéri. Tu te trompes.

Il imagina quelque femme, un corps moite, la nudité, une bouche… Il frémit d'antipathie sans objet, répéta doucement : « Tu te trompes », et remonta dans sa voiture.

Il emportait un malaise qu'il connaissait trop bien, l'agacement, la gêne de ne jamais exprimer ce qu'il eût voulu exprimer, de ne jamais rencontrer la personne à qui il devait confier un aveu indéfini, un secret qui eût tout changé et dépouillé de son insigne néfaste, par exemple, cet après-midi de pavés blanchis, d'asphalte flasque sous le soleil vertical...

« Seulement deux heures, soupira-t-il. Et il fait jour jusqu'à plus de neuf heures, ce mois-ci... »

Le vent, créé par la vitesse, lui plaquait au visage le battement d'une sèche serviette chaude ; et il aspira à la nuit factice des rideaux bleus, au petit chant, sur trois notes, du jet d'eau au centre de sa margelle italienne, dans le jardin...

« En passant vite par le vestibule, je peux rentrer sans être aperçu. *Ils* en sont au café, là-bas... »

Il évoqua l'odeur du déjeuner fin, l'odeur attardée du melon, du vin de dessert qu'Edmée faisait verser après les fruits, et vit par avance l'image verdie de Chéri refermant la porte doublée de miroirs...

« Allons-y ! »

Deux automobiles, celle de sa femme et la voiture américaine, dormaient sous les feuillages bas devant la grille, confiées à un seul chauffeur américain endormi. Chéri mena sa voiture jusqu'à la rue de Franqueville déserte, revint jusqu'à sa porte qu'il ouvrit sans bruit, toisa sa sombre image dans le miroir vert et monta légèrement l'escalier de la chambre. Elle était telle qu'il la souhaitait, bleue, odorante, vouée au repos. Tout ce que sa course altérée avait désiré se trouvait là, et bien davantage, car une jeune femme vêtue de blanc poudrait son visage, ordonnait sa coiffure devant un long panneau de glace. Elle tournait le dos à Chéri et ne l'entendit pas venir ; il disposa donc d'un assez long moment pour contempler dans le miroir des traits animés par la chaleur et le repas, et revêtus d'un singulier caractère de désordre et de triomphe, d'un air d'émotion et de victoire outragée. Au même moment, Edmée aperçut son mari, ne cria point de surprise et se retourna sans hésiter. Elle l'examinait des pieds à la tête, attendant qu'il parlât le premier.

D'en bas monta, par la fenêtre entrouverte sur le jardin, la voix de baryton du docteur Arnaud, qui chanta : « *Ay, Mari, ay, Mari...* »

Edmée fit vers cette voix un mouvement de tout son corps, mais se contraignit à ne pas tourner la tête du côté du jardin.

Le courage un peu ivre qui parut dans ses yeux pouvait promettre des paroles graves. Par lâcheté ou par dédain, Chéri réclama le silence en approchant un doigt de ses lèvres, puis il désigna, du même doigt impératif, l'escalier. Edmée obéit, et passa résolument devant lui, sans pouvoir réprimer, au moment où la distance entre eux fut la plus courte, une torsion de rein, une accélération d'allure qui allumèrent en Chéri une éphémère velléité de châtiment. Il se pencha sur la rampe, rasséréné comme le chat au haut de l'arbre, pensa encore à punir, à briser, à fuir, et il attendit qu'un flot jaloux le soulevât. Rien ne vint, qu'une petite honte moyenne, très supportable. Cependant il se répétait : « Punir, tout casser... il y a mieux à faire... Oui, il y a mieux à faire... » Seulement il ne savait pas quoi.

Chaque jour, éveillé tôt ou tard, il commençait une journée d'attente. Il ne s'était pas méfié d'abord, croyant à la persistance d'une morbide habitude militaire.

En décembre 1918, il prolongeait, dans son lit de civil, une petite convalescence de rotule démise. Il s'étirait à l'aube et souriait : « Je suis bien. J'attends d'être encore mieux. Ça va être quelque chose, la Noël de cette année ! »

La Noël venue, mangée la truffe et brûlée la ramille de houx arrosée d'eau-de-vie sur un plat d'argent, devant Edmée immatérielle et conjugale, aux acclamations de Charlotte, de Mme de La Berche et d'un personnel infirmier mêlé d'officiers roumains et de colonels d'Amérique athlétiques et impubères, Chéri attendait : « Ah ! qu'ils s'en aillent, ces types ! J'attends de dormir, la tête au frais, les pieds au chaud, dans mon bon lit ! » Deux heures plus tard il attendait, plat comme un mort, le sommeil, au chant des petites chouettes d'hiver, rieuses dans les branches et qui interpellaient la lumière bleue de la chambre entrouverte. Il dormait enfin, mais requis dès le matin par l'attente insatiable, il attendait, en s'essayant tout haut à l'impatience joviale, le petit déjeuner : « Qu'est-ce qu'ils foutent, en bas, avec le jus ? » Il ne se rendait pas compte que l'emploi du mot grossier et du vocabulaire dit « poilu » coïncidait toujours chez lui avec un état d'esprit apprêté et une sorte de bonhomie évasive. Il déjeunait, servi par Edmée, mais il lisait dans le geste prompt de sa femme la hâte, l'heure du devoir, et il ne redemandait un toast, un petit pain chaud dont il n'avait plus envie, que par malignité, pour retarder le départ d'Edmée, pour retarder le moment où il recommencerait d'attendre.

Un lieutenant roumain qu'Edmée employait tantôt à quérir des plaques d'ambrine et du coton hydrophile, tantôt à postuler auprès des ministères, – « ce que le gouvernement refuse sans ménagement à un Français, un étranger l'obtient toujours ! » affirmait-elle – rebattit les oreilles de Chéri, lui vantant les devoirs d'un guerrier, indemne ou peu s'en faut, et la pureté paradisiaque de l'hôpital Coictier. Chéri escorta Edmée, renifla l'odeur antiseptique qui évoque implacablement celle des corruptions masquées, reconnut un camarade parmi les « pieds gelés » et s'assit sur le bord de son lit, en s'efforçant à la cordialité telle qu'on l'enseigne dans les romans de la guerre et les pièces patriotiques. Cependant il sentait bien qu'un homme valide, échappé à la guerre, n'a point de pareils ni d'égaux parmi les mutilés. Il vit le vol blanc des infirmières, la couleur cuite des têtes et des mains sur les draps, autour de lui. Une impotence odieuse pesa sur lui, il se surprit à recourber un de ses bras par scrupule, à traîner un peu la jambe. Mais l'instant d'après c'est malgré lui qu'il dilatait ses poumons et foulait le dallage, entre des momies couchées, d'un pas dansant. Il révéra Edmée avec impatience, à cause de son autorité d'ange gradé et de sa blancheur. Elle traversa une salle et posa sa main en passant sur l'épaule de Chéri, mais il sut qu'elle voulait, par ce geste de tendresse et de possession délicate, faire rougir d'envie et d'irritation une jeune infirmière brune qui contemplait Chéri avec une candeur de cannibale.

Il s'ennuya et ressentit la lassitude d'un homme qui renâcle, mené au musée, devant des rangs pressés de chefs-d'œuvre. Trop de blanc descendait des plafonds, rejaillissait des dallages, effaçait les angles, et il plaignit les hommes gisants à qui personne ne faisait l'aumône de l'ombre. L'heure de midi impose aux bêtes libres le repos et la retraite, aux oiseaux le silence sous les futaies, mais l'homme civilisé ne connaît plus les lois de l'astre. Chéri fit quelques pas vers sa femme, dans le dessein de lui dire : « Tire les rideaux, installe un panka, ôte sa pâtée de nouilles à ce pauvre type qui cligne des yeux et qui souffre, tu le feras manger à la nuit tombante... Donne-leur l'ombre, donne-leur une couleur qui ne soit pas ce blanc, et toujours ce blanc... » L'arrivée du docteur Arnaud lui retira le goût de conseiller et de servir.

Le docteur au ventre de toile blanche et aux cheveux d'or rouge n'avait pas fait trois pas dans la salle, que l'ange gradé et planant redescendait à une mission d'humble séraphin, rose de foi et de zèle... Alors Chéri se tourna vers Filipesco qui distribuait des cigarettes d'Amérique, le héla dédaigneusement : « Vous venez ? » et l'emmena, non sans avoir salué sa femme, le docteur Arnaud, infirmiers et infirmières avec une hauteur affable de visiteur officiel. Il traversa la courette de gros gravier, remonta dans sa voiture, et ne s'accorda pas plus de dix paroles de soliloque : « Le coup est régulier. Le coup du médecin en chef. » Il ne passa plus le seuil de l'hôpital et Edmée ne l'invita désormais que par courtoisie protocolaire, ainsi qu'on offre quand même la bécassine, à table, aux invités végétariens.

Il réfléchisait maintenant, en proie à l'oisiveté, si légère avant la guerre, si variée, sonore comme une coupe vide et sans fêlure. Pendant la guerre aussi, il avait subi la règle militaire de la fainéantise, la fainéantise sauf le froid, la boue, le risque, le guet, même un peu le combat. Entraîné au loisir par sa vie de jeune homme voluptueux, il avait impunément vu dépérir de mutisme, de solitude et d'impuissance, autour de lui, des compagnons vulnérables et frais. Il avait assisté aux ravages qu'opérait, sur des êtres intelligents, la disette de papier imprimé, comparable à la privation d'un toxique quotidien. Alors que, contenté d'une lettre brève, d'une carte postale, d'un colis savamment bourré, il retombait dans le silence et la contemplation comme un chat dans un jardin nocturne, des hommes, dits supérieurs, lui montraient leur délabrement d'affamés. Ainsi il avait appris à renforcer d'orgueil sa patience, qui planait sur deux ou trois idées, sur deux ou trois souvenirs tenaces, hauts en couleur comme les souvenirs des enfants, et sur l'incapacité d'imaginer sa propre mort.

À maintes reprises, pendant la guerre, en sortant d'un long sommeil sans rêves ou d'un repos à chaque minute rompu, il lui était arrivé de s'éveiller hors du présent, dépouillé de son passé le plus récent, rendu à l'enfance, – rendu à Léa. Edmée surgissait un peu après, nette, bien construite, et la résurrection de son image, non moins que son abolition momentanée, mettait Chéri de bonne humeur. « Ça m'en ferait deux », constatait-il. Rien ne lui venait de Léa, il ne lui écrivait pas. Mais il recevait des cartes postales que signaient les doigts déformés de la mère Aldonza, des cigares choisis par la baronne de La Berche. Il rêva longtemps sur une longue écharpe de laine douce, à cause de sa couleur bleue comme un regard et du très vague parfum qui se levait d'elle aux heures de chaleur et de sommeil. Il aima cette écharpe, se serra contre elle dans l'ombre, puis elle perdit son parfum, sa fraîche nuance de prunelles bleues, et il n'y pensa plus.

Il ne s'inquiéta pas de Léa pendant quatre ans. De vieilles vigies, le cas échéant, eussent enregistré et transmis des événements qu'il n'imaginait guère. Qu'y avait-il de commun entre Léa et la maladie, Léa et le changement ?

En 1918, les mots : « le nouvel appartement de Léa », échappés à la baronne de La Berche, le frappèrent d'incrédulité.

— Elle a déménagé ?

— D'où sors-tu ? répliqua la baronne. Tout le monde le sait. Une belle opération, fichtre, la vente de son hôtel à des Américains ! J'ai vu son nouvel appartement. C'est petit, mais c'est douillet. Quand on s'assoit, on ne peut plus se lever, là-dedans.

Chéri s'accrocha à ces deux mots : « petit, mais douillet ». À court d'invention, il bâtit péniblement un décor rose, y jeta la vaste nef d'or et d'acier, le grand lit gréé de dentelles, et il suspendit à quelque nuée volante le Chaplin au téton de nacre.

Desmond cherchant un commanditaire pour son dancing, Chéri eut un mouvement d'inquiétude et de vigilance : « Le bougre, il va taper Léa, l'embringuer dans une affaire… Je vais la prévenir par téléphone. » Il n'en fit rien cependant. Car il est plus aventuré de téléphoner à une amie délaissée que de tendre la main, dans la rue, à un ennemi intimidé qui quête votre regard.

Il attendait encore, après le jour de la surprise devant la glace, après ce délit d'exaltation, de rougeur, de désordre. Il laissa passer le temps, et n'aggrava pas, en la précisant par des paroles, la certitude d'une complicité encore presque chaste entre sa femme et l'homme qui chantait « *Ay Mari !...* » Car il se sentait plus léger, et il oublia pendant plusieurs jours de consulter inutilement son bracelet-montre, ainsi qu'il faisait à l'approche du crépuscule. Il prit l'habitude de s'asseoir au jardin dans un fauteuil de paille, comme s'il arrivait de voyage dans un jardin d'hôtel, et il regarda, étonné, la nuit proche anéantir le bleu des aconits, lui substituer un bleu dans lequel la forme des fleurs fondait, cependant que le vert des feuillages persistait en masses distinctes. La bordure de mignardises roses tournait au violet putride, puis sombrait rapidement, et les étoiles de juillet, jaunes, s'allumaient entre les branches du frêne panaché.

Il goûta chez lui un plaisir de passant assis dans un square, et il ne se demanda pas pour combien de temps il se reposait là, renversé, les mains pendantes. Parfois il pensait à ce qu'il nommait la scène du miroir, à l'atmosphère de la chambre bleue, secrètement troublée par le passage, le geste, la fuite d'un homme. Il se disait tout bas, avec une stupidité méthodique et machinale : « Voici un point acquis. C'est ce qu'on nomme un point-t-acquis », en faisant sonner le *t* de la liaison.

Au début de juillet, il essaya une nouvelle automobile découverte, qu'il nommait sa bagnole de villes d'eaux. Il emmena Filipesco, et Desmond, sur les routes que la sécheresse blanchissait, mais il revenait chaque soir vers Paris, fendant l'air rayé de chaud et de frais et qui abdiquait ses parfums à mesure que la ville approchait.

Un jour, il emmena la baronne de La Berche, virile compagne qui touchait de l'index, aux barrières d'octroi, son petit feutre bien enfoncé. Il la trouva commode, avare de paroles, attentive aux cabarets ombragés de glycine, aux débits villageois qui sentent la cave et le sable mouillé de vin. Immobiles, muets, ils couvrirent quelque trois cents kilomètres, et ne desserrèrent les dents que pour fumer et se repaître. Le lendemain, Chéri invitait en peu de mots Camille de La Berche : « On les met, baronne ? » et l'emmenait derechef.

La bonne voiture fonça sur les campagnes vertes, revint le soir vers Paris comme un jouet au bout d'un fil. Ce soir-là, Chéri, sans quitter de l'œil la route, distinguait à sa droite le profil de la vieille femme à figure d'homme, noble comme un vieux cocher de bonne maison. Il s'étonnait de la trouver respectable parce qu'elle était simple, et il devinait confusément, seul pour la première fois avec elle hors d'une cité, qu'une femme chargée d'une monstruosité sexuelle ne la porte pas sans bravoure et sans une certaine grandeur de condamnée.

Celle-ci ne se servait plus de sa méchanceté, depuis la guerre. L'hôpital l'avait remise en sa place, c'est-à-dire parmi les mâles, parmi les mâles juste assez jeunes, juste assez domptés par la douleur pour qu'elle pût, au milieu d'eux, vivre sereine, oubliant sa féminité avortée.

À la dérobée, Chéri regardait le grand nez de sa compagne, la lèvre grisonnante et poilue, les petits yeux paysans qui erraient, indifférents, sur les blés mûrs et les prés fauchés.

Pour la première fois, il se sentit porté vers la vieille Camille par un mouvement qui ressemblait à l'amitié, à la comparaison émue : « Elle est seule. Quand elle n'est plus avec ses soldats et avec ma mère, elle est seule. Elle aussi… Malgré sa pipe et son verre, elle est seule. »

Ils s'arrêtèrent en revenant vers Paris, à une « hostellerie » où la glace manquait, où des rosiers frits mouraient liés à des fûts de colonnes et à des fonts baptismaux anciens égaillés sur la pelouse. Un bois proche préservait de la brise ce lieu poudreux et un petit nuage, chauffé au cerise, se tenait immobile dans le haut du ciel.

La baronne vida, sur l'oreille d'un chèvre-pieds de marbre, sa courte pipe en racine de bruyère.

— Fera chaud sur Paris, cette nuit.

Chéri acquiesça du geste, et leva la tête vers le nuage cerise. Sur ses joues blanches, sur son menton frappé d'une fossette descendirent des reflets roses, distribués comme les touches de poudre rouge qui veloutent un visage de théâtre.

— Oui, dit-il.

— Oh ! tu sais, si ça te tente, ne rentrons que demain matin. Moi, le temps d'acheter un savon et une brosse à dents… Et on téléphonerait à ta femme. Demain matin, on mettrait les voiles sur les quatre heures, à la fraîche…

Chéri se leva avec une précipitation irréfléchie.

— Non, non. Je ne peux pas.

— Tu ne peux pas ? Allons !…

Il vit rire, à ses pieds, les petits yeux d'homme, et les grosses épaules tressaillantes.

— Je ne croyais pas que ça te tenait encore tant que ça, dit-elle. Mais du moment que ça te tient…

— Quoi ?

Elle s'était remise sur ses pieds, pesante et robuste, et elle lui envoya une forte claque sur l'épaule.

— Oui, oui. Tu vas circuler dans la journée, mais tu rentres à la cagna tous les soirs. Ah ! tu es bien tenu !

Il la regarda froidement. Il l'aimait déjà moins.

— On ne peut rien vous cacher, baronne. Je vous avance la voiture et en moins de deux heures nous sommes chez vous.

Chéri n'oublia jamais leur retour nocturne, le rouge triste qui s'attarda longtemps sur l'ouest, l'odeur d'herbages, les papillons plumeux prisonniers dans le rayon des phares. Bloc noir épaissi par la nuit, la baronne veillait à son côté. Il conduisait prudemment ; l'air frais de la course devenait, quand il ralentissait aux tournants, un air chaud. Il se fiait à sa vue perçante, à ses membres attentifs, mais il pensait, malgré lui, à la vieille dame massive et étrangère, immobile contre son flanc droit, et il lui arriva d'éprouver une sorte de frayeur, une irritation des nerfs qui le mena à deux doigts d'une charrette sans lanterne. C'est à cet instant qu'une grosse main se posa légèrement sur son avant-bras.

— Fais attention, petit.

Il n'attendait, certes, ni le geste ni la douceur de l'accent. Mais rien ne justifia l'émotion qui les suivit, et ce nœud, ce fruit dur dans sa gorge. « Je suis idiot, je suis idiot », se répétait-il. Il avança moins vite et il s'amusa des rayons brisés, des zigzags d'or et des plumes de paon qui pendant quelques instants dansèrent, autour des lanternes, dans les larmes qui emplissaient ses yeux.

« Elle m'a dit que ça me tenait, que j'étais bien tenu. Si elle nous voyait, Edmée et moi… Depuis combien de jours dormons-nous comme des frères ? » Il essaya de compter : trois semaines, peut-être davantage ?… « Ce qu'il y a de plus rigolo là-dedans, c'est qu'Edmée ne réclame rien, et qu'elle est souriante au réveil. » En lui-même, il employait toujours le mot « rigolo » quand il voulait esquiver le mot « triste ». « Un vieux ménage, quoi, un vieux ménage... Madame et son médecin en chef, Monsieur et... son auto. Tout de même, la vieille Camille, elle a dit que j'étais tenu. Tenu. Tenu. Si jamais je la remmène, celle-là... »

Il la remmena, car juillet se mit à brûler Paris. Mais ni Edmée ni Chéri ne se plaignaient de la canicule. Chéri rentrait le soir, courtois, distrait, le dessus des mains et le bas du visage au brou de noix. Il se promenait nu entre la salle de bains et le boudoir d'Edmée.

— Vous avez dû cuire aujourd'hui, pauvres gens de Paname ! raillait Chéri.

Un peu pâlie et fondue, Edmée redressait son joli dos d'esclave, niait sa fatigue :

— Eh bien, pas tant que ça, figure-toi. Il y avait plutôt plus d'air qu'hier. Mon bureau est frais, là-bas, tu sais. Et puis on n'a pas eu le temps d'y penser. Mon petit vingt-deux qui allait si bien...

— Ah oui ?

— Oui. Le docteur Arnaud n'a pas bonne impression.

Elle n'hésitait jamais à jeter le nom du médecin en chef en avant, comme on engage une pièce décisive sur l'échiquier. Mais Chéri ne sourcillait pas. Alors Edmée suivait du regard l'homme nu, sa nudité verdie délicatement par le reflet des rideaux bleus. Il passait et repassait devant elle, offert, blanc, entraînant sa zone de parfum, et déjà hors de portée. La confiance même de ce corps nu, incomparable, hautain, reléguait Edmée dans une immobilité faiblement vindicative. Ce corps nu, elle ne l'eût réclamé à présent que d'une voix où l'accent, le cri de l'urgence manquaient, une voix humaine de compagne adoucie. Un bras velu d'or fin, une bouche ardente sous le poil d'or la retenaient maintenant, et elle contemplait Chéri, jalouse, sage, rassurée comme un amant qui convoite une vierge inaccessible à tous.

Ils parlaient encore de villégiatures, de départs, par répliques légères et conventionnelles.

— La guerre n'a pas assez changé Deauville, et quelle cohue... soupirait Chéri.

— On ne peut plus manger nulle part, et la réorganisation de l'industrie hôtelière est une tâche formidable ! affirmait Edmée.

Vers le 14 juillet, Charlotte Peloux annonça, en déjeunant, la réussite d'une « affaire de couvertures », et se lamenta bien haut que Léa eût touché la moitié du bénéfice. Chéri, étonné, leva la tête.

— Tu la vois donc ?

Charlotte Peloux baigna son fils d'un amoureux regard de vieux porto, et appela sa belle-fille en témoignage :

— Il a de ces mots... de ces mots... des mots de gazé. N'est-ce pas ? Des mots de gazé. C'en est inquiétant, des fois. Je n'ai jamais cessé de voir Léa, mon chéri. Pourquoi aurais-je cessé de la voir ?

— Pourquoi ? répéta Edmée.

Il regardait les deux femmes, et trouvait à leur bienveillance une étrange saveur.

— C'est que tu ne me parlais jamais d'elle... commença-t-il avec naïveté.

— Moi ! aboya Charlotte. Écoute, non, écoute... Edmée, vous l'entendez ? Enfin, c'est tout à la louange du sentiment qu'il vous porte. Il a si bien oublié tout ce qui n'est pas vous...

Edmée sourit sans répondre, pencha la tête et remonta, en la pinçant entre deux doigts, la dentelle qui bornait le décolletage de sa robe. Son geste guida le regard de Chéri vers son corsage, et il vit qu'au travers du linon jaune paraissaient, comme deux meurtrissures égales, les pointes de ses seins et leur halo mauve. Il frémit et comprit à ce frémissement que ce gracieux corps, ses plus impudiques détails, sa grâce correcte, que toute cette jeune femme proche, déloyale, disponible, n'éveillait plus en lui qu'une répugnance précise. « Allons, allons ! » Mais il fouettait une bête inerte. Et il écoutait Charlotte, épanchée en ruisseaux nasillards :

— ... Encore avant-hier, je disais devant toi que voiture pour voiture, eh bien, j'aime mieux un taxi, un taxi, tu entends, que la Renault hors d'âge de Léa, et ce n'est pas avant-hier, non, c'est hier que je disais, en parlant de Léa, qu'à tant faire que d'avoir un domestique mâle quand on est une femme seule, autant le prendre beau garçon... Et Camille, donc, qui regrettait, devant toi, l'autre soir, d'avoir fait expédier à Léa une deuxième pièce de Quart-de-Chaume au lieu de la garder pour elle ?... À force de te faire des compliments sur ta fidélité, mon chéri, je vais te reprocher ton ingratitude. Léa méritait mieux de toi. Edmée sera la première à le reconnaître !

— La seconde, rectifia Edmée.

— Je n'ai rien entendu, dit Chéri.

Il se gorgeait de cerises de juillet, dures et rosées, et les lançait, sous le store baissé, aux moineaux du jardin qui fumait, trop irrigué, comme une source chaude. Edmée, immobile, prolongeait en elle-même les derniers mots de Chéri : « Je n'ai rien entendu. » Il n'avait certes pas menti, et pourtant sa désinvolture, sa fausse gaminerie à pincer des noyaux de cerises, à viser un passereau, l'œil gauche fermé, parlaient à Edmée un langage presque clair. « À quoi pensait-il, quand il n'entendait pas ? »

Avant la guerre, elle eût cherché une femme. Un mois plus tôt, au lendemain de la scène du miroir, elle eût craint des représailles, quelque cruauté de Peau-Rouge, un coup de dents au nez. Mais non... rien... il vivait, innocent, ambulant, tranquille dans sa liberté comme un prisonnier au fond de sa geôle, et chaste comme un animal amené des antipodes, qui ne cherche même pas de femelle sur notre hémisphère.

« Malade ?... » Il dormait assez, mangeait à sa guise, c'est-à-dire délicatement, flairant les viandes avec suspicion, amateur de fruits et d'œufs frais. Aucun tic nerveux ne fêlait le bel équilibre de ses traits, et il buvait plus d'eau que de champagne. « Non, il n'est pas malade. Et pourtant il a... quelque chose. Quelque chose que je devinerais, sans doute, si j'étais encore amoureuse de lui. Mais... » Elle redressa de nouveau la dentelle de son décolletage, aspira la chaleur, l'odeur qui montaient de sa gorge et vit paraître, en penchant la tête, les médailles jumelles, mauves et roses, de ses seins à travers l'étoffe. Elle rougit de sensualité et promit ce parfum, ces ombres mauves à l'homme roux, adroit et condescendant, qu'elle allait retrouver dans une heure.

« Elles parlaient de Léa, tous les jours, devant moi, et je n'ai pas entendu. Je l'ai oubliée. Mais oublier, qu'est-ce que c'est ? Si je pense à Léa, je la vois bien, je me souviens du son de sa voix, du parfum qu'elle vaporisait sur elle et qu'elle écrasait tout mouillé dans ses grandes mains... » Il serra les narines et remonta la bouche vers son nez, en une grimace de gourmandise.

— Fred, tu viens de faire une grimace abominable, tu ressemblais, trait pour trait, au renard qu'Angot a rapporté des tranchées...

Ils vivaient le temps le moins difficile de leur journée, après le réveil et le petit déjeuner. Ranimés par la douche, ils écoutaient avec gratitude tomber une pluie roide qui avançait de trois mois sur la saison, une pluie qui détachait les feuilles du faux automne parisien et couchait les pétunias. Ils ne se donnaient pas la peine de chercher, ce matin-là, une excuse à leur obstination citadine. Charlotte Peloux ne les avait-elle pas, la veille, tirés d'embarras en déclarant : « On est des parigots de race, nous ! Des vrais, des purs ! Nous et les concierges, on peut dire que nous avons vraiment goûté le premier été du Paris d'après guerre ! »

— Fred, c'est de l'amour que tu as pour ce complet ? Tu ne le quittes plus. Il n'est pas frais, tu sais ?

Chéri fit un geste de la main, dans la direction de la voix d'Edmée, un geste qui demandait le silence et suppliait qu'on ne détournât pas son attention, vouée pour l'instant à une besogne exceptionnellement mentale.

« Je voudrais savoir si je l'ai oubliée. Mais qu'est-ce que c'est, oublier ? Depuis un an que je ne l'ai pas vue... » Il subit un petit choc d'éveil, un sursaut, et s'aperçut que sa mémoire supprimait la guerre. Puis il compta les années et tout fut muet, en lui, de stupeur, pendant un moment.

— Fred, je ne pourrai donc jamais obtenir que tu laisses ton rasoir dans la salle de bains au lieu de l'apporter ici ?

Il se retourna mollement. À peu près nu, encore humide, il montrait son torse argenté, çà et là, de plaques de talc.

— Quoi ?

La voix, qui lui semblait lointaine, se mit à rire.

— Fred, tu as l'air d'un gâteau mal sucré ! Un gâteau qui n'a pas bonne mine... L'an prochain, nous ne serons pas si bêtes que cette année. Nous aurons une propriété à la campagne...

— Tu veux une propriété ?

— Oui. Pas ce matin, tu penses...

Elle épinglait ses cheveux en désignant du menton le rideau de pluie qui coulait, sans vent ni tonnerre, d'un orage gris.

— Mais l'an prochain, par exemple... N'est-ce pas ?

— C'est une idée. Oui, c'est une idée.

Il se débarrassait d'elle, poliment, pour retourner à son étonnement. « J'ai cru que je ne l'avais pas vue depuis un an seulement. Je ne pensais pas à la guerre. Il y a donc un, deux, trois, quatre, cinq ans que je ne l'ai pas vue. Un, deux, trois, quatre... Mais alors, je l'avais donc oubliée ? Non, puisqu'elles en parlaient devant moi, ces femmes, sans que je saute et que je m'écrie : « Tiens, c'est vrai, au fait, et Léa ? » Cinq ans. Elle avait quel âge en 1914 ? »

Il compta encore, et buta contre un total invraisemblable. « Ça lui ferait à peu près soixante ans aujourd'hui ?... Quelle blague... »

— Il s'agirait, poursuivait Edmée, de ne pas se tromper dans notre choix. Une jolie région, tiens, c'est...

— La Normandie, acheva Chéri distraitement.

— Oui, la Normandie... Tu connais la Normandie ?

— Non... Pas précisément... c'est vert. Il y a des tilleuls... des pièces d'eau...

Il ferma les yeux, comme étourdi.

— Où ça ? Dans quel endroit de la Normandie ?

— Des pièces d'eau, de la crème, des fraises et des paons...

— Tu en sais des choses sur la Normandie ! Quel pays ! Il y a tout ça, et puis quoi encore ?

Il avait l'air de lire ce qu'il décrivait, penché sur le miroir rond où il vérifiait d'habitude, après sa toilette, le poli de ses joues et de son menton. Il continua, passif et hésitant :

— Des paons... La lune sur les parquets et un grand, grand tapis rouge jeté sur une allée...

Il n'acheva pas, oscilla légèrement et glissa sur le tapis. Le flanc du lit arrêta à mi-chemin sa chute, et il appuya contre les draps défaits une tête évanouie que le hâle, superposé à la pâleur, teignait d'un vert d'ivoire.

Presque aussi vite que lui, et sans cri, Edmée se jeta à terre, soutint d'une main la tête ballante, tendit, sous des narines que le sang quittait, un flacon ouvert, mais deux bras défaillants la repoussèrent :

— Laisse-moi… Tu vois bien que je suis en train de mourir.

Cependant il ne mourait pas, et sa main demeurait tiède entre les doigts d'Edmée. Il avait parlé dans un murmure, avec l'emphase et la suavité des suicidés très jeunes qui viennent en un moment de solliciter et d'éviter la mort.

Il entrouvrait les lèvres sur ses dents brillantes, et respirait d'un souffle égal. Mais il ne se hâtait pas de revivre tout à fait. Il se retranchait, derrière ses paupières et ses cils, au sein du domaine vert qu'il évoquait l'instant de sa syncope, un domaine plat, riche en fraisiers et en abeilles, en lunes d'eau ourlées de pierre chaude… Quand la force lui revint il garda les yeux clos, en pensant : « Si j'ouvre les yeux, Edmée va y voir tout ce que je regarde… »

Elle demeurait penchée, un genou plié. Elle lui portait une attention efficace, professionnelle. De sa main libre, elle atteignit un journal, s'en servit pour agiter l'air autour du front renversé. Elle chuchotait des paroles insignifiantes et nécessaires :

— C'est l'orage… Détends-toi… Non, ne te relève pas. Attends que je glisse l'oreiller sous toi…

Il se redressa, sourit, remercia d'une pression de main. Une envie de citrons, de vinaigre lui séchait la bouche. La sonnerie du téléphone détacha Edmée de lui.

— Oui… Oui… Quoi ? Je le sais bien qu'il est dix heures ! Oui. Quoi ?

À la brièveté impérieuse des répliques, Chéri comprit qu'on téléphonait de l'hôpital.

— Oui, naturellement, je viens. Quoi ? Dans…

Elle évalua, d'un rapide regard, la résurrection de Chéri.

— Dans vingt-cinq minutes. Merci. À tout à l'heure.

Elle ouvrit largement les deux battants vitrés de la porte-fenêtre et quelques gouttes de la pluie paisible entrèrent dans la chambre, avec une fade odeur de rivière.

— Tu es mieux, Fred ? Qu'est-ce que tu as ressenti ? Rien au cœur, n'est-ce pas ? Tu dois perdre tes phosphates. Voilà le fruit de notre ridicule été. Mais, qu'est-ce que tu veux…

Elle regarda furtivement le téléphone comme elle eût regardé un témoin.

Chéri se mit debout sans effort apparent.

— File, mon petit. Tu seras en retard à ta boîte. Je vais tout à fait bien.

— Un grog léger ? Un peu de thé chaud ?

— Ne t'occupe pas de moi... Tu as été bien gentille. Oui, un peu de thé, demande-le en t'en allant. Et du citron.

Cinq minutes plus tard elle partait, après un regard où elle croyait ne laisser paraître que de la sollicitude, mais qui quêtait en vain une vérité, l'explication d'un état de choses inexplicable. Comme si le bruit d'une porte fermée eût coupé ses liens, Chéri s'étira, se sentit léger, froid et vide. Il s'élança vers la fenêtre, vit sa femme traverser le jardinet, tête baissée, sous la pluie. « Elle a un dos de coupable », décréta-t-il, « elle a toujours eu un dos de coupable. Par devant, c'est une petite dame très bien. Mais son dos en raconte long. Mon évanouissement lui a fait perdre une bonne demi-heure. Mais revenons à nos moutons, comme dirait ma mère. Léa avait, quand je me suis marié, cinquante et un ans, au bas mot ! assure Mme Peloux. Elle aurait cinquante-huit ans, peut-être soixante... L'âge du général Courbat ? Allons !... C'est simplement rigolo. »

Il tâcha d'associer, à l'image d'une Léa de soixante ans, la moustache en crins blancs, les joues ravinées du général Courbat et ses aplombs d'antique cheval de fiacre.

« Tout ce qu'il y a de plus rigolo... »

L'arrivée de Mme Peloux trouva Chéri occupé à son divertissement, pâle, immobile devant le jardin ruisselant et mordillant une cigarette éteinte. Il ne sourcilla pas à l'entrée de sa mère.

— Vous voilà bien matinale, ma bonne mère, dit-il.

— Et toi levé du mauvais pied, il me semble, riposta-t-elle.

— Pure illusion. Y a-t-il des circonstances atténuantes à votre activité, au moins ?

Elle leva les yeux et les épaules vers le plafond. Un petit chapeau de cuir, sportif et gamin, descendait en visière sur son front.

— Mon pauvre petit, soupira-t-elle, si tu savais ce que j'entreprends en ce moment. Si tu savais quelle œuvre grandiose...

Il scrutait du regard, sur le visage de sa mère, les profonds sillons en guillemets autour de la bouche, la courte vague molle du double menton dont le flux et le reflux couvraient, puis découvraient le col du manteau imperméable. Il soupesait les poches mouvantes des paupières inférieures, en répétant pour lui-même : « Cinquante-huit... Soixante... »

— Sais-tu à quelle tâche je me voue, le sais-tu ?

Elle prit un temps, ouvrit plus grands ses grands yeux cernés d'un trait de crayon noir :

— Je ressuscite les thermes de Passy. Les Thermes de Passy. Oui, naturellement, ça ne te dit rien, à toi. Les sources sont là, en dessous de la rue Raynouard, à deux pas. Elles dorment, elles ne demandent qu'à être réveillées. Des eaux extrêmement actives. Si nous savons nous y prendre, c'est la ruine d'Uriage, l'effondrement du Mont-Dore peut-être, – mais ce serait trop beau ! Je me suis déjà assuré le concours de vingt-sept médecins suisses. Le Conseil municipal de Paris, travaillé par Edmée et par moi... C'est d'ailleurs pour ça que je viens, j'ai manqué ta femme de cinq minutes... Qu'est-ce que tu as ? Tu ne m'écoutes pas ?

Il s'entêtait à allumer sa cigarette humide. Il y renonça, la jeta sur le balcon où les grosses gouttes de pluie rejaillissaient comme des sauterelles, et toisa sa mère sérieusement.

— Je vous écoute, dit-il. Et même, je sais d'avance ce que vous voulez me dire. Je la connais, votre affaire. Elle s'appelle : combines, trucs, pots-de-vin, parts de fondateur, couvertures américaines, haricots secs, etc. Vous ne pensez tout de même pas que je suis sourd ou aveugle, depuis un an ? Vous êtes des méchantes et des vilaines, voilà tout. Je ne vous en veux pas.

Il se tut et s'assit, en tourmentant par habitude, au-dessus de sa mamelle droite, ses deux petites cicatrices jumelles. Il contemplait le jardin vert battu de pluie, et sur son visage détendu luttaient la lassitude et la jeunesse, celle-là creusant la joue, noircissant l'orbite, celle-ci intacte sur l'arc ravissant et la pulpe élastique des lèvres, sur l'aile duvetée de la narine, dans la noire abondance de la chevelure.

— Eh bien, dit enfin Charlotte Peloux, j'en entends ! La morale se niche où elle peut. J'ai donné le jour à un censeur.

Il ne sortit point de son mutisme ni de son immobilité.

— Et tu le juges, ce pauvre monde pourri, du haut de quoi ? De ton honnêteté, sans doute ?

Sanglée de cuir comme un reître, elle se montrait égale à elle-même et prête à combattre. Mais Chéri semblait en avoir fini avec toutes les batailles.

— De mon honnêteté... Peut-être. Si j'avais cherché le mot, je n'aurais pas trouvé celui-là. C'est vous qui me le fournissez. Va pour l'honnêteté.

Elle ne répondit rien, remettant à plus tard l'offensive. Elle se tut pour donner toute son attention à l'aspect singulier de son fils. Il tenait ses genoux écartés, ses coudes sur ses genoux, et croisait fortement les mains. Il regardait toujours le jardin ployé sous le fouet de la pluie, et il soupira au bout d'un moment sans détourner la tête :

— Vous croyez que c'est une vie ?

Elle ne faillit point à lui demander :

— Quelle vie ?

Il souleva et laissa retomber un de ses bras.

— Ma vie. La vôtre. Tout ça. Tout ce qu'on voit.

Mme Peloux eut un moment d'hésitation, puis jeta son manteau de cuir, alluma une cigarette et s'assit à son tour.

— Tu t'ennuies ?

Séduit par la douceur inusitée d'une voix qui se faisait aérienne et précautionneuse, il fut naturel et presque confiant.

— M'ennuyer ? Non, je ne m'ennuie pas. Pourquoi voulez-vous que je m'ennuie ? Je suis un peu... comment ? un peu soucieux, voilà tout.

— De quoi ?

— De tout. De moi, et même de vous.

— Tu m'en vois surprise.

— Moi aussi. Ces types... cette année... cette paix...

Il écartait les doigts, comme s'il les eût sentis poissés ou enlacés d'un cheveu trop long.

— Tu dis ça comme on disait : « cette guerre... ».

Elle lui posa une main sur l'épaule, et baissa le ton avec intelligence :

— Qu'est-ce que tu as ?

Il ne supporta pas le poids interrogateur de cette main, et se leva, s'agita, d'une manière incohérente.

— J'ai que tout le monde est des salauds. Non, supplia-t-il en voyant sur le visage maternel une hauteur apprêtée, non, ne recommencez pas. Non, les personnes présentes ne sont pas exceptées. Non, je ne comprends pas que nous vivons un temps magnifique, une aube comme ci et une résurrection comme ça. Non, je ne suis pas en colère, je ne vous aime pas moins, je n'ai pas mal au foie. Mais je crois bien que je suis à bout.

Il se promena en faisant craquer ses phalanges, et huma l'embrun douceâtre que la lourde pluie vaporisait en frappant le balcon. Charlotte Peloux jeta son chapeau et ses gants rouges, en donnant à son geste un caractère de pacification.

— Explique-toi, petit. Nous sommes tout seuls.

Elle lissait en arrière sa chevelure rouge de vieille dame, taillée garçonnièrement, et sa robe amadou la moulait comme une bâche épouse un tonnelet. « Une femme... Elle a été une femme... Cinquante-huit... soixante... » songeait Chéri. Elle tourna vers lui son bel œil velouté, plein d'une coquetterie maternelle dont il avait oublié depuis bien longtemps le féminin pouvoir. À l'attrait soudain du regard de sa mère, il entrevit le danger, la difficulté de l'explication où elle le menait. Mais il se sentait veule et désert, sollicité par ce qui lui manquait. L'espoir d'offenser, en outre, le poussa.

— Oui, répondit-il à lui-même. Vous avez les couvertures, les pâtes alimentaires, les Légions d'honneur. Vous rigolez avec les séances de la Chambre et l'accident du fils Lenoir. Mme Caillaux vous passionne, et les thermes de Passy. Edmée, c'est son bazar à blessés et son médecin en chef. Desmond, il cuisine dans le dancing, le commerce des vins, le placement des poules. Filipesco, il carotte des cigares aux Américains et aux hôpitaux pour les revendre dans les boîtes de nuit. Jean de Touzac, il est dans les stocks, c'est tout dire... Quelle clique... Enfin...

— Tu oublies Landru, insinua Charlotte.

Il glissa vers elle un clin d'œil égayé, un muet compliment dédié à l'humour méchant qui rajeunissait la championne fanée.

— Landru, ça ne compte pas, c'est une affaire qui sent l'avant-guerre. C'est normal, Landru. Mais le reste... Enfin... Enfin bref tout le monde est des salauds, et... et ça ne me convient pas. Voilà.

— C'est bref en effet, mais pas très clair, dit Charlotte au bout d'un moment. Tu nous habilles bien. Remarque que je ne dis pas que tu aies tort. J'ai les qualités de mes défauts, moi, et rien ne me fait peur. Seulement, ça ne m'apprend pas où tu veux en venir.

Chéri se balança gauchement sur son siège. Il nouait ses sourcils entre ses yeux et ramenait en avant la peau de son front comme pour retenir un chapeau que le vent soulève.

— Où je veux en venir… Je ne sais pas, moi. Je voudrais que les gens ne soient pas des salauds, je veux dire pas uniquement des salauds… Ou bien je voudrais simplement ne pas m'en apercevoir.

Il exprimait une timidité, un besoin de composer avec son malaise, tels que Charlotte s'en égaya :

— Mais pourquoi t'en aperçois-tu ?

— Ah voilà… Justement, voilà.

Il lui sourit d'un sourire désarmé, et elle remarqua combien le visage de son fils devenait moins jeune dans le sourire. « On devrait tout le temps lui annoncer des malheurs », se dit-elle, « ou bien le mettre hors de lui. La gaieté ne l'embellit pas. » À son tour, elle laissa échapper, dans une bouffée de fumée, une naïveté ambiguë :

— Avant, tu ne t'en apercevais pas, de tout ça.

Il releva la tête d'un vif mouvement :

— Avant ? Avant quoi ?

— Avant la guerre, voyons.

— Ah ! oui… murmura-t-il, déçu. Non, avant la guerre, évidemment… Mais avant la guerre, je ne voyais pas tout ça du même œil.

— Pourquoi ?

Ce simple mot le laissa muet.

— Je te dis, railla Charlotte, que tu es devenu honnête !

— Vous ne voudriez pas admettre, par hasard, que je le suis simplement resté ?

— Non, non. Ne confondons pas !

Elle discutait, les joues rouges, avec une passion de devineresse.

— Ton genre de vie avant la guerre, tout de même, – je me mets à la place des gens qui n'ont pas les idées larges et qui ne voient les choses que du dehors, comprends-moi ! – ce genre d'existence-là, tout de même, ça a un nom !

— Si vous voulez, acquiesça Chéri. Et puis ?

— Eh bien, ça implique une... une manière de voir. Tu as vu l'existence du point de vue du gigolo.

— C'est bien possible, dit Chéri indifférent. Après ? Vous y voyez du mal ?

— Certainement non, protesta Charlotte avec une simplicité d'enfant. Mais, n'est-ce pas, il y a un temps pour tout.

— Oui...

Il soupira profondément, la tête levée vers le ciel masqué de nues et de pluie :

— Il y a un temps pour être jeune et un temps pour être moins jeune. Il y a un temps pour être heureux... Vous croyez que j'avais besoin de vous pour m'en apercevoir ?

Elle manifesta une agitation subite, alla et vint à travers la pièce, le fessier rond et serré dans sa robe, épaisse et preste comme une petite chienne engraissée, et revint se camper en face de son fils.

— Eh bien, mon chéri, te voilà bien embarqué, je le crains, pour une bêtise.

— Laquelle ?

— Oh ! il n'y en a pas tant. Le couvent. Ou une île déserte. Ou l'amour.

Chéri sourit d'étonnement.

— L'amour ? Vous voulez que... L'amour avec...

Il désignait, du menton, le boudoir d'Edmée, et le visage de Charlotte étincela :

— Qui te parle d'elle ?

Il rit, et reprit sa grossièreté par instinct de préservation :

— Vous, dans une minute vous allez m'offrir de l'Américaine !

D'un haut-le-corps théâtral elle se défendit :

— De l'Américaine ? Vraiment ! Et pourquoi pas une femme en caoutchouc pour marins, aussi ?

Il approuva ce dédain chauvin de technicienne. Depuis son enfance il savait qu'une Française ne déchoit pas à cohabiter avec un étranger, pourvu qu'elle l'exploite ou qu'il la ruine. Il connaissait par cœur la liste des qualificatifs outrageants dont une courtisane autochtone flétrit, à Paris, l'étrangère dissolue. Mais il déclina l'offre, sans ironie, et Charlotte écarta ses petits bras, avança une lèvre de clinicien qui avoue son impuissance.

— Je ne te propose pas de travailler... risqua-t-elle avec pudeur.

Chéri chassa d'un tour d'épaules la suggestion importune.

— Travailler, répéta-t-il... Travailler, ça veut dire fréquenter des types... on ne travaille pas seul, à moins de peindre des cartes postales ou de coudre en chambre... Ma pauvre mère, vous ne savez pas que si les types me dégoûtent, les femmes ne m'inspirent pas mieux. La vérité, c'est que je ne peux plus voir les femmes non plus, acheva-t-il courageusement.

— Mon Dieu ! piaula Charlotte.

Elle joignait les mains comme devant un cheval tombé, mais son fils lui imposa durement le silence, d'un geste, et elle admira l'autorité virile de ce beau jeune homme qui venait d'avouer sa particulière impuissance.

— Chéri !... Mon petit garçon !...

Il tourna vers elle un doux regard vide, qui mendiait vaguement.

Elle plongea dans ces larges prunelles dont le blanc pur, les longs cils, la secrète émotion peut-être exagéraient l'éclat. Elle voulut descendre, par ces brèches magnifiques, jusqu'à un cœur obscur, qui avait commencé son battement jadis près de son propre cœur. Chéri semblait ne pas se défendre et se délecter d'être hypnotiquement violenté. Charlotte avait déjà vu son fils malade, irrité, sournois. Elle ne l'avait jamais vu malheureux. Elle en ressentit une exaltation singulière, l'enivrement qui jette une femme aux pieds d'un homme, à l'heure où elle rêve de changer l'inconnu désespéré en inconnu inférieur, c'est-à-dire de lui faire oublier son désespoir.

— Écoute, Chéri... murmura-t-elle très bas. Écoute... Tu devrais... Attends, voyons, laisse-moi au moins parler...

Il l'interrompit d'un furieux hochement de tête, et elle cessa d'insister. Elle rompit le long échange de leurs regards, reprit son manteau, coiffa son petit chapeau de cuir et s'en alla vers la porte. Mais en passant près de la table elle s'arrêta et prit le téléphone avec négligence.

— Tu permets, Chéri ?

Il consentit d'un signe, et elle se mit à nasiller comme une clarinette :

— Allô..., allô... Allô... Passy, vingt-neuf deux fois. Deux fois, Mademoiselle. Allô... c'est toi, Léa ? Mais bien sûr, c'est moi. Quel temps, hein... Ne m'en parle pas ! Oui, très bien. Tout le monde très bien. Qu'est-ce que tu fais aujourd'hui ? Tu ne bouges pas ? Ah ! je te reconnais là, grande sybarite ! Moi, oh ! tu sais, je ne m'appartiens plus... Oh ! mais non, il ne s'agit plus de ça, c'est bien autre chose ! Une réalisation grandiose... Ah ! non, pas par téléphone !... À n'importe quelle heure tu es chez toi ? Bon. C'est bien commode. Merci. Au revoir, ma Léa !

Elle reposa l'appareil et ne montra plus que son dos convexe. En s'éloignant elle aspirait, puis rejetait des jets de fumée bleue, et elle disparut en même temps que son nuage, comme un enchanteur qui a rempli sa mission.

Il monta sans hâte l'unique étage qui conduisait à l'appartement de Léa. La rue Raynouard à six heures, après la pluie, résonnait de cris d'oiseaux et d'appels d'enfants comme un jardin de pensionnat. Le vestibule à glaces épaisses, l'escalier poncé, le tapis bleu, la cage d'ascenseur fleurie d'autant de laque et d'or qu'une chaise à porteurs, il vit tout d'un œil froid qui n'admettait pas même la surprise. Sur le palier il subit l'instant indolore, détaché de tout, qui leurre le patient à la porte du dentiste. Il faillit s'en retourner, mais la pensée que peut-être il se croirait obligé de revenir lui déplut, et il sonna d'un doigt assuré. Une jeune servante ouvrit sans hâte, brune, coiffée d'un papillon de linge fin sur ses cheveux coupés, et Chéri, devant un visage inconnu, perdit sa dernière chance d'émotion.

— Madame est là ?

La jeune servante l'admirait, indécise :

— Je ne sais pas, Monsieur... Monsieur est attendu ?

— Naturellement, dit-il avec sa dureté d'autrefois.

Elle le laissa debout et disparut. Dans l'ombre, il dépêchait autour de lui ses yeux éblouis par l'obscurité et son flair irritable. Aucun blond parfum n'errait, et quelque résine banale grésillait dans un brûle-parfums électrique. Chéri s'ennuya comme un homme qui s'est trompé d'étage. Mais un grand rire innocent, sur une gamme grave et descendante, résonna étouffé derrière une tenture et précipita l'intrus dans une tourmente de souvenirs.

— Si Monsieur veut passer dans le salon...

Il suivit le papillon blanc en se répétant : « Léa n'est pas seule... Elle rit... Elle n'est pas seule... Pourvu que ce ne soit pas ma mère… » Un jour teint de rose l'accueillit au-delà d'une porte, et il attendit, debout, que l'univers annoncé par cette aube se rouvrît enfin.

Une femme écrivait, le dos tourné assise devant un bonheur-du-jour. Chéri distingua un large dos, le bourrelet grenu de la nuque au-dessous de gros cheveux gris vigoureux, taillés comme ceux de sa mère. « Allons bon, elle n'est pas seule. Qu'est-ce que c'est que cette bonne femme-là ? »

— Mets-moi aussi par écrit l'adresse, Léa, et le nom du masseur. Moi, tu sais, les noms…

Une femme en noir, assise, venait de parler, et Chéri sentit en lui-même un remous précurseur. « Alors… où est Léa ? »

La dame au poil gris se retourna, et Chéri reçut en plein visage le choc de ses yeux bleus.

— Eh ! mon Dieu, petit, c'est toi ?

Il avança comme en songe, baisa une main.

— Monsieur Frédéric Peloux, la princesse Cheniaguine.

Chéri baisa une autre main, s'assit.

— C'est ?… questionna la dame en noir, en le désignant avec autant de liberté que s'il eût été sourd.

Le grand rire innocent résonna de nouveau, et Chéri chercha la source de ce rire, là, ici, ailleurs, partout ailleurs que dans la gorge de la femme au poil gris…

— Mais non, ce n'est pas ! Ou ce n'est plus, pour mieux dire ! Valérie, voyons, qu'est-ce que tu vas chercher ?

Elle n'était pas monstrueuse, mais vaste, et chargée d'un plantureux développement de toutes les parties de son corps. Ses bras, comme de rondes cuisses, s'écartaient de ses hanches, soulevés près de l'aisselle par leur épaisseur charnue. La jupe unie, la longue veste impersonnelle entrouverte sur du linge à jabot, annonçaient l'abdication, la rétraction normales de la féminité, et une sorte de dignité sans sexe.

Léa se tenait debout entre Chéri et la fenêtre, et sa masse consistante, presque cubique, ne le consterna point d'abord. Lorsqu'elle bougea pour atteindre un siège, elle dévoila ses traits, et il se mit à l'implorer mentalement comme il eût imploré un fou muni d'armes. Rouge, d'un rouge un peu blet, elle dédaignait à présent la poudre, et riait d'une bouche pleine d'or. Une saine vieille femme, en somme, à bajoues larges et à menton doublé, capable de porter son fardeau de chair, libre d'étais et d'entraves.

— Et donc, petit, d'où sors-tu comme ça ? Tu n'as pas bien bonne mine, on dirait ?

Elle tendait à Chéri une boîte de cigarettes, en lui riant de ses yeux bleus qui avaient rapetissé, et il s'épouvanta de la trouver si simple, joviale comme un vieil homme. Elle l'appelait « petit », et il détournait son regard comme si elle eût dit une inconvenance. Mais il s'exhorta à patienter, avec l'informe espoir que cette première image allait céder la place à une rémission lumineuse.

Les deux femmes le contemplaient, paisibles, et ne lui ménageaient ni la bienveillance ni la curiosité.

— Il a un peu de Hernandez, dit Valérie Cheniaguine.

— Oh ! je ne trouve pas, protesta Léa. Peut-être, il y a une dizaine d'années... et encore ! Hernandez avait la mâchoire plus forte.

— Qui est-ce ? demanda Chéri avec effort.

— Un Péruvien qui s'est tué en auto, il y a quelque chose comme six mois, dit Léa. Il était avec Maximilienne. Elle a eu bien du chagrin.

— N'empêche qu'elle s'en est consolée, dit Valérie.

— Comme tout le monde, dit Léa. Tu ne voudrais tout de même pas qu'elle en soit morte ?

Elle rit de nouveau et ses gais yeux bleus disparurent, fermés par la large joue que plissait le rire. Chéri détourna la tête vers la dame en noir, une brune robuste, ordinaire et féline comme mille et mille Méridionales, et si minutieusement vêtue en femme de bon ton qu'elle en semblait déguisée. Valérie portait l'uniforme qui fut longtemps celui des princesses étrangères et de leurs gouvernantes, un costume tailleur noir médiocrement coupé, étroit aux emmanchures, et la chemisette de batiste blanche, très fine, un peu bridée à la hauteur des seins. Les boutons de perles, le collier célèbre, le col droit beleiné, tout était, comme le nom légitime de Valérie, princier. Princièrement, elle montrait aussi des bas de qualité moyenne, des chaussures faites pour la marche et des gants coûteux, brodés de noir et de blanc.

Elle regardait Chéri comme un meuble, avec attention et sans courtoisie. Elle reprit à voix haute sa comparaison critique :

— Oui, je t'assure, il a quelque chose de Hernandez. Mais, à entendre Maximilienne, Hernandez n'a jamais existé, maintenant qu'elle s'est assuré son fameux Amérigo. Et pourtant ! Et pourtant ! Je parle en connaissance de cause. Je l'ai vu, moi, Amérigo. J'en arrive, de Deauville. Et je les ai vus, tous deux.

— Non ? Raconte !

Léa s'assit, comblant tout un fauteuil. Elle avait un geste nouveau de la tête pour rejeter en arrière sa drue chevelure grise, et à chaque coup de tête, Chéri voyait danser brièvement le bas de son visage pareil à celui de Louis XVI. Elle donnait ostensiblement son attention à Valérie, mais Chéri surprit à plusieurs reprises un trébuchement du petit œil bleu rétréci, qui cherchait celui du visiteur inattendu.

— Voilà, conta Valérie. Elle l'avait caché, dans une villa loin de Deauville, au diable vert. Mais ça ne faisait pas l'affaire d'Amérigo, vous me comprenez, Monsieur ! qui en a fait reproche à Maximilienne. Elle s'en est piquée, elle a dit : « Ah ! c'est comme ça ? Tu veux qu'on te voie ? Eh bien, on te verra ! » Et elle a téléphoné pour une table, le lendemain soir au Normandy. Une heure après tout le monde le savait, et moi je retenais une table aussi, avec Becq d'Ambez et Zahita. Et nous nous disions : « On va donc la voir, cette merveille ! » À neuf heures tapant, voilà Maximilienne tout en blanc et perles, et Amérigo… Ah ! ma chère, quelle déception ! Grand, oui, c'est entendu, plutôt même trop grand. Tu connais mon opinion sur les hommes trop grands : j'en suis encore à attendre qu'on m'en montre un, un seul ! bien bâti. Les yeux, oui, les yeux, je ne conteste pas les yeux. Mais d'ici à là, tiens, tu vois, d'ici à là, quelque chose dans la joue de trop rond, de bébête, l'oreille attachée un peu bas… Enfin une déception !… Et de la raideur dans le dos.

— Tu exagères, dit Léa. La joue, quoi, la joue, ce n'est pas grave. Et d'ici à là, tiens, vraiment c'est beau, c'est noble, les sourcils, le haut du nez, les yeux, c'est beau ! Je te passe le menton, qui s'empâtera vite. Et les pieds trop petits, la chose la plus ridicule pour un garçon si grand.

— Ça, je ne suis pas de ton avis. Mais j'ai bien vu que la cuisse est trop longue, par rapport au bas de la jambe, d'ici à là.

Elles discutaient posément, pesant et détaillant les hauts et les bas quartiers de la bête de luxe.

« Des connaisseuses en viande sur pied », pensa Chéri. « Elles auraient fait du bon travail à l'Intendance. »

— Comme proportion, continuait Léa, on ne fera jamais rien qui atteigne Chéri... Tu vois, Chéri, que tu arrives bien. Rougis, allons ! Valérie, si tu peux te rappeler Chéri il y a seulement six, sept ans...

— Mais certainement, je m'en souviens. Et Monsieur n'a pas tellement changé après tout... Tu en étais bien fière !

— Non, dit Léa.

— Tu n'en étais pas fière ?

— Non, dit Léa tranquillement. Je l'aimais.

Elle tourna d'une pièce son corps considérable et reposa sur Chéri son gai regard, pur de toute arrière-pensée.

— C'est vrai que je t'aimais. Et bien, encore.

Il baissa les yeux, stupide de honte devant ces deux femmes dont la plus grosse affirmait, sereine, qu'ils avaient été amants. Mais en même temps le son de la voix de Léa, presque mâle, voluptueux, assiégeait sa mémoire d'un tourment à peine tolérable.

— Tu vois, Valérie, comme un homme a l'air bête, quand on lui rappelle quelque chose d'un amour qui n'existe plus ? Petit imbécile, moi ça ne me gêne pas de rappeler ça. J'aime bien mon passé. J'aime bien mon présent. Je n'ai pas honte de ce que j'ai eu, je n'ai pas de chagrin de ce que je n'ai plus. J'ai tort, petit ?

Il se récria comme un homme dont on a écrasé l'orteil :

— Mais non, voyons ! Au contraire !

— C'est gentil que vous soyez restés bons amis, dit Valérie.

Chéri attendit que Léa expliquât qu'il entrait chez elle pour la première fois depuis cinq années, mais elle ne fit que rire bonnement, et cligner d'un air entendu. L'agitation croissait en lui, il ne sut comment protester, comment crier très haut qu'il ne revendiquait pas l'amitié de cette énorme femme coiffée en vieux violoncelliste, et que s'il avait su, il n'aurait jamais gravi l'étage, jamais franchi le seuil, foulé le tapis, croulé dans la bergère à coussin de plume, au fond de laquelle il gisait maintenant sans force, et muet...

— Eh bien, je m'en vais, dit Valérie. Je ne veux pas attendre l'heure de l'embouteillage du métro, tu penses.

Elle se leva, affronta la grande lumière clémente à son visage romain, si fortement construit que la soixantaine proche ne l'atteignait guère, rehaussé à l'ancienne mode d'une poudre blanche en couche égale sur les joues, et sur les lèvres d'un rouge presque noir, onctueux.

— Tu rentres ? demanda Léa.

— Bien sûr. Qu'est-ce qu'elle peut fabriquer toute seule, ma petite rosse !

— Tu es toujours contente de ton nouvel appartement ?

— Un rêve ! Surtout depuis les barreaux aux fenêtres. Et j'ai fait mettre un grillage en acier sur un vasistas dans l'office, un qui m'avait échappé. Avec mon double appel électrique, et mes avertisseurs... Ouf ! Ce n'est pas trop tôt que je me sente un peu tranquille.

— Et ton hôtel ?

— Bouclé ! À vendre. Et la galerie de tableaux aux garde-meubles. Mon petit entresol est un amour pour ses dix-huit cents francs. Et plus de gueules d'assassins autour de moi. Hein, les deux valets de pied ?... J'en ai encore le frisson.

— Tu as vu ça bien en noir, écoute.

— Il faut y avoir passé pour se rendre compte, ma bonne amie. Monsieur, enchantée... Reste donc, Léa.

Elle les enveloppa tous deux de son regard velouté de barbare et partit. Chéri la vit s'éloigner, gagner l'issue, et n'osa pas prendre le même chemin. Il resta immobile, presque supprimé par la conversation de ces deux femmes qui avaient parlé de lui au passé, comme d'un mort. Mais déjà Léa revenait et s'esclaffait :

— Princesse Cheniaguine ! Soixante millions ! Et veuve ! Et elle n'est pas contente ! Si c'est ça le plaisir de vivre, vrai, non, tu sais !...

Sa main claqua sur sa cuisse comme sur une croupe de cavale.

— Qu'est-ce qu'elle a ?

— La frousse. Seulement la frousse. C'est une femme qui ne sait pas porter l'argent. Cheniaguine lui a tout laissé. Mais on peut dire qu'il lui a fait plus de mal en lui donnant qu'en lui prenant. Tu l'as entendue ?

Elle se laissa aller au creux d'une bergère douillette, et Chéri haït le soupir mou du coussin sous le vaste séant. Elle passa le bout de son doigt dans la gorge d'une moulure de son fauteuil, souffla sur une trace poudreuse et se rembrunit :

— Ah ! ça n'est plus ce que c'était, même comme service. Hein ?

Il se sentait pâle, et la peau raidie autour de la bouche, ainsi que par un grand froid. Il retenait un terrible élan de rancune et de supplication, le besoin de crier : « Cesse ! Reparais ! Jette cette mascarade ! Tu es bien quelque part là-dessous, puisque je t'entends parler ! Éclos ! Surgis toute neuve, les cheveux rougis de ce matin, poudrée de frais ; reprends ton long corset, ta robe bleue à fin jabot, ton parfum de prairie que je quête en vain dans ta nouvelle maison... Quitte tout cela, viens-t'en, à travers Passy mouillé, ses oiseaux et ses chiens, jusqu'à l'avenue Bugeaud, où sûrement Ernest fait les cuivres de ta grille... »
Il ferma les yeux, à bout de forces.

— Toi, mon petit, je m'en vais te dire une bonne chose : tu devrais faire analyser tes urines. Ta couleur de teint, et un pincement autour des lèvres, je connais ça : tu ne soignes pas ton rein.

Chéri rouvrit les yeux, les emplit du placide désastre installé devant lui, et dit héroïquement :

— Tu crois ? C'est bien possible.

— Dis que c'est certain. Et puis tu n'es pas assez gras... On a beau dire que les bons coqs sont maigres, il te manque dix livres, bien pesé.

— Passe-les-moi, dit-il en souriant.

Mais il sentait sa joue singulièrement raide et rebelle au sourire comme si sa peau eût vieilli.

Léa éclata de son rire heureux, le même rire qui saluait, autrefois, une impertinence notoire du « nourrisson méchant ». Chéri goûta, au son grave et rond de ce rire, un plaisir qu'il n'eût pas supporté longtemps.

— Ça ! Je le pourrais sans me faire tort ! J'en ai pris, hein ? Tiens, là... Et là... Crois-tu !

Elle alluma une cigarette, souffla par les narines un double jet de fumée et haussa les épaules :

— C'est l'âge !

Le mot s'envola de ses lèvres avec une légèreté qui rendit à Chéri une sorte d'espoir extravagant : « Oui, elle plaisante... Elle va tout d'un coup m'apparaître... » Il attacha sur elle un regard qu'elle sembla, un moment, comprendre :

— J'ai changé, hein, petit ? Ça n'a pas d'importance heureusement. Tandis que toi, tu m'as l'air je ne sais comment... Battu de l'oiseau, comme nous disions autrefois. Hein ?

Il n'aimait pas ce « hein ? » nouveau et saccadé, qui ponctuait les phrases de Léa. Mais il se raidissait à chaque interrogation, et maîtrisait chaque fois un élan dont il ne voulait discerner ni le motif ni le but.

— Je ne te demande pas si tu as des ennuis dans ton intérieur. D'abord ça ne me regarde pas, et ensuite ta femme je la connais comme si je l'avais faite.

Il l'écoutait parler, mais sans application. Il remarquait surtout que lorsqu'elle quittait le sourire et le rire, elle cessait d'appartenir à un sexe défini. En dépit des énormes seins et de la fesse écrasante, elle pénétrait, de par l'âge, dans une virilité de tout repos.

— Et je la sais très capable, ta femme, de rendre un homme heureux.

Il ne put s'empêcher de trahir un rire intérieur, et Léa se reprit promptement :

— J'ai dit : un homme. Je n'ai pas dit : n'importe quel homme. Te voilà chez moi, et sans avertissement, tu ne viens pas, j'imagine, pour mes beaux yeux, hein ?

Elle les appuyait sur Chéri, ses « beaux yeux », rapetissés, traversés en tous sens de fibrilles rouges, narquois, pas méchants ni bons, avisés et luisants, certes, mais... Mais où leur humidité saine qui baignait d'azur leur blanche marge, où, leur contour bombé comme le fruit, comme le sein, comme l'hémisphère, et bleu comme une contrée arrosée par maint fleuve ?...

Il dit en bouffonnant :

— Pouh !... Détective, va !...

Et il s'étonna de se trouver assis négligemment, les jambes croisées, à la manière d'un beau jeune homme qui ne se tient pas très bien. Car en lui-même il contemplait son double éperdu, agenouillé, les bras agités et la poitrine offerte, et criant des cris incohérents.

— Je ne suis pas plus bête qu'une autre. Mais avoue que tu ne m'as pas rendu, aujourd'hui, la besogne difficile ?

Elle se rengorgea, répandant son second menton sur son col, et le double agenouillé pencha la tête comme frappé à mort.

— Tu as tout à fait la dégaine de quelqu'un qui souffre du mal de l'époque. Laisse-moi parler !... Tu es comme les camarades, tu cherches ton paradis, hein, le paradis qu'on vous devait, après la guerre ? Votre victoire, votre jeunesse, vos belles femmes... On vous devait tout, on vous a tout promis, ma foi c'était bien juste... Et vous trouvez quoi ? Une bonne vie ordinaire. Alors vous faites de la nostalgie, de la langueur, de la déception, de la neurasthénie... Je me trompe ?

— Non, dit Chéri...

Car il pensait qu'il eût donné un doigt de sa main pour qu'elle se tût.

Léa lui frappa l'épaule, y laissa sa main à grosses bagues, et comme il inclinait un peu la tête, sa joue perçut la chaleur de cette lourde main.

— Ah ! continua Léa en élevant la voix, tu n'es pas le seul, va ! Combien en ai-je vu, depuis la fin de la guerre, des gars de ton espèce...

— Où donc ? interrompit Chéri.

La soudaineté de l'interruption, son caractère agressif suspendirent le lyrisme bénisseur de Léa. Elle retira sa main.

— Mais il n'en manque pas, mon petit. Es-tu orgueilleux, quand même ! Tu pensais qu'il n'y avait que toi, à trouver au temps de paix le goût de trop-peu ? Détrompe-toi !

Elle rit tout bas, hocha ses cheveux gris badins autour d'un important sourire de juge gourmet :

— Es-tu orgueilleux, à toujours te vouloir seul de ton espèce !

Elle s'écarta d'un pas, affûta son regard, et acheva, peut-être vindicative :

— Tu n'as été unique que... pendant un temps.

Chéri retrouva la féminité sous l'insulte vague et choisie, et se redressa, tout heureux de souffrir moins. Mais déjà Léa redevenait bonne.

— Mais ce n'est pas pour t'entendre dire ça que tu es venu ici. Tu t'es décidé tout d'un coup ?

— Oui, dit Chéri.

Il eût voulu que ce oui fût, entre elle et lui, la dernière parole. Timide, il errait, du regard, tout autour de Léa. Il cueillit, dans une assiette, un gâteau sec en forme de tuile courbe, puis le reposa, persuadé qu'une cendre siliceuse de brique rose, s'il y mordait, allait lui emplir la bouche. Léa remarqua son geste, et la manière pénible dont il avala sa salive.

— Oh ! Oh ! nous avons des nerfs ? Et un menton de chat maigre, et un pli sous l'œil. C'est du beau.

Il ferma les yeux, et consentit lâchement à l'entendre sans la voir.

— Écoute, petit, je connais un bistrot, avenue des Gobelins...

Il releva les yeux sur elle, plein de l'espoir qu'elle devenait folle et qu'ainsi il pourrait lui pardonner ensemble sa déchéance physique et ses errements de vieille dame.

— Oui, je connais un bistrot... Laisse-moi parler ! Seulement il faut se dépêcher, avant que les Clermont-Tonnerre et les Corpechot l'aient décrété chic et qu'on remplace la bonne femme par un chef. C'est la bonne femme elle-même qui cuisine, et, mon petit...

Elle réunit ses doigts sur sa bouche en baiser et Chéri détourna son regard vers la fenêtre, où l'ombre d'une branche fouettait le rayon de soleil à temps égaux, comme une herbe que bat l'onde régulière d'un ruisseau.

— Quelle drôle de conversation... risqua-t-il d'une voix fausse.

— Elle n'est pas plus drôle que ta présence chez moi, répliqua vertement Léa.

De la main, il fit signe qu'il voulait la paix seulement la paix, et peu de paroles, et même le silence... Il sentait en cette femme âgée des forces fraîches, un appétit élastique devant lesquels il battait en retraite. Déjà le sang prompt de Léa montait, violet, à son cou grenu et à ses oreilles. « Elle a un cou de vieille poule », constata Chéri avec un pâle plaisir féroce d'autrefois.

— C'est vrai, ça ! jeta Léa échauffée. Tu t'amènes ici d'un air Fantomas, et je cherche le moyen d'arranger les choses, moi qui te connais, tout de même, assez bien...

Il lui sourit avec découragement. « Et comment me connaîtrait-elle ? De plus malins qu'elle, et même que moi… »

— Une certaine espèce de vague-à-l'âme, mon petit, et de désillusion, c'est une question d'estomac. Oui, oui, tu ris !

Il ne riait pas, mais elle put croire qu'il riait.

— Le romantisme, la neurasthénie, le dégoût de la vie : estomac. Tout ça, estomac. Et même l'amour ! Si on voulait être sincère, on avouerait qu'il y a l'amour bien nourri, et l'amour mal nourri. Et le reste, c'est de la littérature. Si je savais écrire, ou parler, mon petit, j'en dirais, là-dessus… Oh ! naturellement je n'inventerais rien, mais enfin je saurais de quoi je parle. Ça changerait des écrivains d'aujourd'hui.

Quelque chose de pire que cette philosophie culinaire décomposait Chéri : un apprêt, un faux naturel, une gaillardise presque étudiée. Il soupçonna que Léa jouait la jovialité, l'épicuréisme, de même qu'un gros acteur, au théâtre, joue les « rondeurs » parce qu'il prend du ventre. Comme par défi, elle frotta son nez vernissé, vermeil de couperose, du dos de l'index, et éventa son torse en s'aidant des deux panneaux de sa longue veste. Ce faisant, elle comparaissait devant Chéri avec un excès de complaisance, et même elle peigna d'une main sa dure chevelure grise qu'elle secoua.

— Ça me va, les cheveux courts ?

Il ne daigna répondre que d'une négation muette, ainsi qu'on écarte un argument oiseux…

— Tu disais donc qu'avenue des Gobelins, il y a un bistrot… ?

À son tour, elle répondit, intelligemment : « Non », et il vit au battement de ses narines qu'il l'avait un peu, enfin, irritée. Le guet animal ressuscitait en lui, l'allégeait, tendait derechef ses instincts, épouvantés jusque-là et épars. Il projeta de communiquer, à travers l'impudente chair, les frisons grisonnants et la bonne humeur prébendière, avec la créature cachée à laquelle il revenait comme au lieu de son crime. Une divination fouisseuse le maintenait autour du trésor caché. « Comment cela lui est-il arrivé, d'être vieille ? Tout d'un coup, un matin ? Ou peu à peu ? Et cette graisse, ce poids dont gémissent les fauteuils ? Est-ce un chagrin qui l'a changée ainsi, et désexuée ? Quel chagrin ? Est-ce à cause de moi ? »

Mais il n'interrogeait que lui, et tout bas.

« Elle est fâchée. Elle est sur le chemin de me comprendre. Elle va me dire… »

Il la vit se lever, marcher, rassembler des papiers sur le tablier abattu du bonheur-du-jour. Il nota qu'elle se tenait plus droite qu'au moment où il était entré, et sous le regard qui la suivait elle se redressa encore. Il accepta qu'elle fût véritablement énorme, et sans galbe visible de l'aisselle à la hanche. Avant de se retourner vers Chéri, elle resserra sur son cou, malgré la chaleur, une écharpe de soie blanche. Il l'entendit respirer profondément, puis elle revint à lui, sur un rythme aisé de bête pesante, et elle lui sourit.

— Je te reçois bien mal, il me semble. Ce n'est pas poli que d'accueillir quelqu'un en lui donnant des conseils, surtout des conseils inutiles.

D'un pli de l'écharpe blanche surgit, serpenta et resplendit au jour un sautoir de perles, que Chéri reconnut.

Captives sous la peau de la perle, tissu immatériel, les sept couleurs d'Iris jouaient comme une secrète ignition aux flancs de chaque sphère précieuse. Chéri reconnaissait la perle frappée d'une fossette, la perle un peu ovoïde, la perle la plus grosse qui se signalait par un rose unique.

« Elles, elles n'ont pas changé ! Elles et moi, nous n'avons pas changé. »

— Et tu as toujours tes perles, dit-il.

Elle s'étonna de la sotte phrase, et parut la vouloir interpréter en langage clair.

— Oui, la guerre me les a laissées. Tu penses que j'aurais pu, ou dû les vendre ? Pourquoi les aurais-je vendues ?

— Ou « pour qui » ? plaisanta-t-il d'un ton las.

Elle ne retint pas un regard vers le bonheur-du-jour et les papiers éparpillés, et Chéri à son tour traduisit ce regard, lui assigna comme terme et comme objet quelque portrait-carte jaunâtre, quelque visage effaré de petit militaire imberbe… En lui-même il contempla l'image qu'il inventait, avec une hauteur dédaigneuse. « Cela ne me concerne pas. » Un moment après, il ajoutait : « Mais qu'est-ce qui me concerne, ici ? »

Le trouble qu'il avait apporté se propageait hors de lui, à la faveur du couchant, des cris d'hirondelles chasseresses, des flèches de braise traversant les rideaux. Cette couleur de rose incandescente, il se souvint que Léa l'entraînait partout, comme la mer emmène avec elle, quand elle reflue, le parfum terrestre des foins et des troupeaux.

Ils ne parlèrent pas pendant un temps, secourus par une chanson fraîche d'enfant qu'ils eurent l'air d'écouter. Léa ne s'était pas assise. Droite, massive, elle portait plus haut son menton irrémédiable, et une sorte de malaise se traduisait dans le battement fréquent de ses paupières.

— Je te retarde ? Tu as à sortir ? Tu veux t'habiller ?

La question fut brusque et obligea Léa à regarder Chéri.

— M'habiller ? Et en quoi, Seigneur, veux-tu que je m'habille ? Je suis habillée, définitivement.

Elle rit d'un rire incomparable, qui commençait haut et descendait par bonds égaux jusqu'à une grave région musicale réservée aux sanglots et à la plainte amoureuse. Chéri leva inconsciemment la main pour une supplication.

— Habillée pour la vie, je te dis ! Ce que c'est commode ! Des blouses, du beau linge, cet uniforme par là-dessus, me voilà parée. Prête pour dîner chez Montagné aussi bien que chez M. Bobette, prête pour le ciné, pour le bridge et pour la promenade au Bois.

— Et l'amour que tu oublies ?

— Oh ! petit !

Elle rougit franchement sous sa rougeur constante d'arthritique, et Chéri, après le lâche plaisir d'avoir prononcé quelques mots outrageants, fut saisi de honte et de regrets devant ce réflexe de jeune femme.

— C'est pour blaguer, dit-il gauchement. Je te scandalise ?

— Même pas. Mais tu sais que je n'ai jamais aimé un certain genre de choses pas propres et de plaisanteries pas drôles.

Elle s'appliquait à parler d'une voix calme, mais son visage la révélait blessée, et sur sa face épaissie s'agitait un désordre qui peut-être était la pudeur.

« Mon Dieu, si elle s'avise de pleurer... » Il imagina la catastrophe, les larmes sur ces joues creusées d'un seul ravin profond près de la bouche, et les paupières ensanglantées par le sel des larmes... Il se hâta :

— Mais non, voyons ! Mais quelle idée ! Je n'ai pas voulu... voyons, Léa...

Au mouvement qu'elle fit, il s'aperçut qu'il ne l'avait pas encore appelée par son nom. Fière, comme autrefois, de son empire sur elle-même, elle l'interrompit avec douceur :

— Je ne t'en veux pas, petit. Mais pour le peu d'instants que tu passes ici, ne me laisse rien de vilain.

Il ne fut touché ni de la douceur, ni des paroles auxquelles il trouva une délicatesse hors de propos.

« Ou elle ment, ou elle est devenue telle qu'elle se montre. La paix, la pureté, et quoi encore ? Ça lui va comme un anneau dans le nez. La paix du cœur, la boustifaille, le ciné... Elle ment, elle ment, elle ment ! Elle veut me faire croire que c'est commode, et même agréable, de devenir une vieille femme... À d'autres ! À d'autres elle peut raconter les bobards de la bonne vie et du bistrot à cuisine régionale, mais à moi ! À moi qui suis né dans les belles de cinquante ans, les massages électriques et les pommades fondantes ! À moi qui les ai vues, toutes mes fées maquillées, combattre pour une ride, s'entredévorer pour un gigolo ! »

— Je n'ai plus l'habitude, figure-toi, de ta façon de te taire. À te voir assis là, il me semble à chaque instant que tu as quelque chose à me dire.

Debout, séparée de Chéri par un guéridon et le service à porto, elle ne se défendait pas contre une sévère surveillance qui lui pesait ; mais certains signes à peine visibles frémissaient sur elle, et Chéri discernait l'effort musculaire qui, entre les pans de la longue veste, essayait de ravaler le poids du ventre épanoui.

« Combien de fois l'a-t-elle remis, quitté, remis courageusement, son long corset, avant de l'abandonner tout à fait ?... Combien de matins a-t-elle varié la nuance de sa poudre de riz, frotté sa joue d'un rouge nouveau, massé son cou avec le cold-cream et le morceau de glace noué dans un mouchoir, avant de se résigner à ce cuir vernissé qui reluit sur ses joues ?... »

Il se pouvait qu'elle ne frémît, imperceptiblement, que d'impatience, mais de ce frémissement il attendait, avec une inconscience rigide, un miracle d'éclosion, la métamorphose...

— Pourquoi ne dis-tu rien ? insista Léa.

Elle perdait par degrés son calme en dépit de son immobilité résolue. Elle jouait, d'une main, avec sa chaîne de grosses perles, nouait et dénouait leur nacre éternelle, lumineuse et comme voilée d'une humidité indicible, autour de ses grands doigts flétris et soignés.

« Peut-être a-t-elle seulement peur de moi », rêvait Chéri... « Un homme qui se tait, comme je fais, c'est toujours un peu un fou. Elle pense à la peur de Valérie Cheniaguine. Si j'étendais le bras, est-ce qu'elle crierait à l'assassin ? Ma pauvre Nounoune... »

Il craignit de prononcer ce nom à haute voix et parla pour se préserver d'une sincérité, fût-elle éphémère.

— Qu'est-ce que tu vas penser de moi ? dit-il.

— Ça dépend, répondit Léa circonspecte. Tu m'as l'air en ce moment-ci d'un de ces types qui posent un paquet de gâteaux dans l'antichambre en se disant : « Il sera toujours temps de l'offrir », et puis ils le reprennent en s'en allant.

Rassurée par le son de leurs voix, elle raisonnait en Léa d'autrefois, perspicace, fine à la manière des paysans fins. Chéri se leva, contourna le meuble qui le séparait de Léa, et reçut en plein visage la grande lumière de la baie tendue de rose. Léa put mesurer à l'aise, sur des traits presque intacts mais de toutes parts menacés, la longueur des jours et des années. Un délabrement aussi secret avait de quoi tenter sa pitié, émouvoir son souvenir, arracher d'elle le mot, le geste qui précipiteraient Chéri dans un vertige d'humilité, et il risquait, offert à la lumière, les yeux bas, comme endormi, sa dernière chance d'un dernier affront, d'une dernière prière, d'un dernier hommage...

Rien ne vint, et il rouvrit les yeux. De nouveau il dut accepter la véridique image : la gaillarde vieille amie, à distance prudente, lui manifestait une bienveillance mesurée, dans un soupçonneux petit regard bleu.

Dessillé, égaré, il la chercha dans la pièce partout où elle n'était pas. « Où est-elle ? où est-elle ? Celle-ci me la cache.

Celle-ci, je l'ennuie, et elle pense, en attendant que je m'en aille, que c'est bien des embarras, tous ces souvenirs, et ce revenant... Mais si tout de même je l'appelais à mon secours, et que je lui redemande Léa... » En lui-même le double agenouillé tressaillait encore, comme un corps qui se vide de son sang... D'un effort dont il se fût cru incapable, Chéri se dégagea de son image suppliciée.

— Je te laisse, dit-il à voix haute.

Il ajouta sur le ton d'une finesse banale :

— Et je remporte mon paquet de gâteaux.

Un soupir d'allégement souleva le débordant corsage de Léa.

— À ta guise, mon petit. Mais, tu sais ? toujours à ta disposition si tu as un ennui.

Il sentit la rancune sous la fausse obligeance, et l'énorme édifice de chair, couronné d'une herbe argentée, rendit encore une fois un son féminin, tinta tout entier d'une harmonie intelligente. Mais le revenant, rendu à sa susceptibilité de fantôme, exigeait, malgré lui, de se dissoudre.

— Bien sûr, répondit Chéri. Je te remercie.

À partir de cet instant, il sut, sans faute ni recherche, comment il devait s'en aller, et les paroles convenables sortirent de lui, facilement, rituellement.

— Tu comprends, je suis venu aujourd'hui... pourquoi aujourd'hui plutôt qu'hier ?... Il y a longtemps que j'aurais dû le faire... Mais tu m'excuses...

— Naturellement, dit Léa.

— Je suis encore plus braque qu'avant la guerre, tu comprends, alors...

— Je comprends, je comprends.

Parce qu'elle l'interrompait, il pensa qu'elle avait hâte de le voir partir. Il y eut encore entre eux, pendant la retraite de Chéri, quelques paroles, le bruit d'un meuble heurté, un pan de lumière, bleue par contraste, que versa une fenêtre ouverte sur la cour, une grande main bossuée de bagues qui se leva à la hauteur des lèvres de Chéri, un rire de Léa, qui s'arrêta à mi-chemin de sa gamme habituelle ainsi qu'un jet d'eau coupé dont la cime, privée soudain de sa tige, retombe en perles espacées... L'escalier passa sous les pieds de Chéri ainsi que le pont qui soude deux songes, et il retrouva la rue Raynouard qu'il ne connaissait pas.

Il remarqua que le ciel rose se mirait dans le ruisseau gorgé encore de pluie, sur le dos bleu des hirondelles volant à ras de terre, et parce que l'heure devenait fraîche, et que traîtreusement le souvenir qu'il emportait se retirait au fond de lui-même pour y prendre sa force et sa dimension définitives, il crut qu'il avait tout oublié et il se sentit heureux.

Seule une vieille femme, assise devant une menthe verte, troublait, par une toux grasse, la paix de ce lieu où la rumeur de la place de l'Opéra s'endormait, assourdie comme par un air épais, rebelle aux remous sonores. Chéri demanda un barbotage et s'essuya la racine des cheveux, d'une manière précautionneuse qui lui venait de loin, d'une époque où il entendait, garçonnet, une musique féminine de voix échangeant des sentences, avec une gravité biblique : « Si tu veux du lait de concombres où il y ait du vrai concombre, fabrique-le toi-même... Ne frotte pas ta sueur sur ta figure quand tu es en nage, la sueur rentre dans la peau et la consume... »

Le silence, le vide du bar créaient l'illusion de la fraîcheur, et Chéri ne vit pas tout de suite un couple, étroitement penché au-dessus d'une table, perdu dans un chuchotement insaisissable. Il remarqua au bout d'un moment l'homme et la femme inconnus, à cause de leur murmure qui filtrait quelques consonnes sifflantes, à cause aussi de l'excès d'expression qui rendait évidents leurs visages, deux visages de chasseurs misérables, surmenés et patients.

Il aspira deux gorgées de barbotage glacé, renversa la tête contre la panne jaune de la banquette, et sentit fondre avec délices la roideur mentale qui l'épuisait depuis quinze jours. Son présent pesant n'avait pas franchi, en même temps que lui, le seuil du bar démodé, rougeâtre, à guirlandes d'or et rosaces, paré d'une cheminée de province, et où la dame du lavabo, entrevue dans son domaine de faïence, penchant ses cheveux blancs sous une lampe verte, reprisait du linge en comptant ses fils.

Un passant entra, ne viola point le salon jaune, but debout près du comptoir comme par discrétion, et sortit sans avoir parlé. L'odeur dentifrice de la menthe offensait seule les narines de Chéri, qui fronça les sourcils vers la vieille femme indistincte. Sous un chapeau noir mou, pétri, il entrevit une figure ancienne, rehaussée çà et là de fard, de rides, de kohol, de bouffissures, le tout distribué en désordre, ainsi qu'on jette dans une poche, pêle-mêle, les clefs, le mouchoir et les sous. Un vieux visage bas, en somme, et ordinaire dans la bassesse, à peine caractérisé par l'indifférence des sauvages et des prisonniers. Elle toussa, ouvrit son sac à main, se moucha vaguement, et reposa sur la table de marbre le réticule noirâtre qui ressemblait à son chapeau, taillé dans le même taffetas noir malaxé et hors d'usage.

Chéri suivit ses gestes avec une répugnance exagérée, car il souffrait, hors de raison, de tout ce qui était féminin et vieux, depuis quinze jours. Il songea à s'en aller à cause du réticule vautré sur la table, voulut détourner son regard et n'en fit rien, retenu par une petite arabesque scintillante, une lumière imprévue attachée aux plis du sac. Sa curiosité l'étonna, mais trente secondes plus tard il regardait encore le point scintillant, et il avait absolument cessé de penser à quoi que ce fût. Il émergea de son hébétude par un sursaut victorieux, involontaire, qui lui rendit le libre jeu de sa respiration et de sa pensée :

« Je sais ! Ce sont deux "L" entrelacés ! »

Il goûta un moment de doux repos, quelque chose qui ressemblait à la sécurité d'une arrivée. Il oublia véritablement la nuque aux cheveux tondus, le poil gris et vigoureux, et la grande veste impersonnelle boutonnée sur un estomac dilaté, et le rire innocent en notes de contralto, tout ce qui le suivait si fidèlement et lui ôtait, depuis quinze jours, l'envie de manger et la liberté d'être seul.

« C'est trop beau pour que ça dure », pensa-t-il. En effet, il reprit courageusement sa place dans la réalité, regarda de nouveau l'offensant objet, et se récita sans faute :

« Les deux initiales en petits brillants que Léa avait dessinées pour la bourse de daim d'abord, pour le service en écaille blonde après, et pour le papier à lettres ! »

Il n'admit pas un instant que le monogramme du sac pût se rapporter à un autre nom, il sourit ironiquement :

« À d'autres ! On ne m'en raconte pas, à moi, sur ce genre de hasards. Je rencontre ce sac-là ce soir, par hasard, demain ma femme aura engagé un ancien valet de chambre de Léa, toujours par hasard, et après je ne pourrai plus entrer au restaurant, dans un cinéma ou dans un bureau de tabac, sans que je trouve Léa à tous les tournants. C'est ma faute, je n'ai rien à dire, je n'avais qu'à la laisser tranquille. »

Il déposa des petits billets près de son verre et se leva avant d'appeler le barman. Il tourna le dos à la vieille femme en se glissant entre les deux tables, ravala son ventre comme un matou qui passe sous une porte, dépensa une telle force de contention et d'adresse qu'il effleura, du bord de son veston, le verre de menthe verte, dit « pardon » à mi-voix, s'élança vers la porte vitrée, vers l'orée respirable, et s'entendit, avec horreur et sans le moindre étonnement, appeler :

— Chéri !

Acceptant le choc trop prévu, il se retourna, ne reconnut rien, dans la vieille écroulée, qui portât un nom dans sa mémoire ; mais il n'essaya pas de s'évader une seconde fois, sachant bien que tout allait s'éclaircir.

— Tu ne me reconnais pas ? Non ? Et comment est-ce que tu me reconnaîtrais ? Cette guerre, ça a vieilli plus de femmes que ça n'a tué d'hommes, on peut le dire. Et encore je ne peux pas me plaindre, moi, je ne risquais pas d'y perdre quelqu'un, à la guerre... Hein, Chéri...

Elle rit, et il la reconnut, en s'apercevant qu'il avait pris pour décrépitude en elle ce qui était surtout misère, et profonde insouciance. Redressée et riante, elle ne paraissait pas plus que ses soixante ans probables, et sa main, qui quêta celle de Chéri, n'était point celle d'une grand-mère tremblotante.

— La Copine !... murmura Chéri, sur un ton presque admiratif.

— Tu es donc content de me voir ?

— Oh ! oui...

Il ne mentait pas, se rassurait par degrés et pensait :

« Ce n'est qu'elle... La pauvre Copine... J'ai eu peur... »

— Tu prends quelque chose, Copine ?

— Rien qu'un whisky-soda, mon bel enfant. Es-tu resté beau, tout de même !

Il avala l'amer compliment, qu'elle lui jetait du bord pacifié de la vieillesse.

— Et décoré, encore, ajouta-t-elle par politesse pure. Oh ! je le savais, tu sais ! Nous l'avons toutes su.

Ce pluriel ambigu n'arracha pas un sourire à Chéri, et la Copine crut l'avoir choqué.

— Quand je dis nous, je parle de celles qui étaient tes véritables amies, Camille de La Berche, Léa, Rita, moi... Tu penses, ce n'est pas Charlotte qui me l'aurait raconté. Je n'existe pas pour elle. Mais on peut affirmer qu'elle n'existe pas pour moi.

Elle étendit au-dessus de la table une main pâle, qui avait oublié la lumière du jour.

— Tu comprends, Charlotte, elle ne sera plus pour moi désormais que la femme qui a réussi à faire arrêter, pendant vingt-quatre heures, la pauvre petite Rita... La pauvre Rita, qui n'a jamais su un mot d'allemand. Est-ce que c'était sa faute, à Rita, si elle était suisse, je te demande ?

— Je sais, je sais, je connais l'histoire, interrompit Chéri précipitamment.

La Copine leva sur lui son vaste œil sombre et huileux, plein d'une complicité invétérée et d'une compassion qui se trompait toujours.

— Pauvre gosse, soupira-t-elle. Je te comprends. Excuse-moi. Ah ! tu l'as eu, ton calvaire !...

Il l'interrogea du regard, déshabitué des superlatifs qui assuraient, au vocabulaire de la Copine, une richesse funèbre, et il craignait qu'elle ne lui parlât de la guerre. Mais elle ne pensait pas à la guerre. Peut-être n'y avait-elle jamais pensé, car le souci de la guerre ne contamine que deux générations successives. Elle s'expliqua :

— Oui, je dis que c'est un calvaire qu'une mère pareille, pour un fils comme toi, un enfant qui a vécu sans reproche, avant son mariage et après ! Un enfant tranquille et tout, qui n'a pas passé par trente-six mains et qui a su conserver son patrimoine intact !

Elle hochait la tête et il la retrouvait peu à peu, chargée d'un grand visage ruiné de reine banale, d'une vieillesse sans noblesse et sans maladies qui avait traversé et délaissé impunément l'opium, clément à qui en est indigne.

— Tu ne fumes plus ? demanda brusquement Chéri.

Elle leva sa main blanche et mal soignée.

— Penses-tu ! Ces bêtises-là, c'est bon quand on n'est pas seule. Du temps que j'épatais les gosses, oui... Tu t'en rappelles, quand tu venais la nuit ? Ah ! tu aimais bien ça... « Ma Copine, que tu me disais, encore une petite pipe, bien tassée ! »

Il reçut sans broncher cette humble flatterie de vieille servante, qui mentait pour mieux aduler. Il sourit d'un air entendu et chercha dans l'ombre du chapeau flétri, sur un cou cravaté de tulle noir, un collier de grosses perles légères...

Il buvait, à petites gorgées machinales, le whisky qu'on lui avait servi par erreur. L'alcool qu'il n'aimait pas lui donnait ce soir du plaisir, de la facilité à sourire, effaçait sous ses doigts l'âpreté des surfaces non polies et des étoffes, et il écoutait avec bonté cette vieille femme pour qui le présent n'existait pas. Ils se rejoignaient par-dessus une époque superflue, par-dessus de jeunes morts importuns, et la Copine jetait vers Chéri une passerelle de noms qui étaient ceux de vieillards invulnérables, de vieillardes redressées pour la lutte ou pétrifiées sous leur aspect définitif et qui ne changeraient plus jamais. Elle contait minutieusement un déboire de dix-neuf cent treize, un dol antérieur au mois d'août dix-neuf cent quatorze, et quelque chose vacilla dans sa voix lorsqu'elle parla d'une Loupiote morte – « la semaine de ton mariage, mon petit ! tu vois cette coïncidence ? la fatalité a la main sur nous, va ! » – après quatre ans d'une amitié pure et paisible...

— On s'engueulait à journée faite, mon petit, mais seulement devant des tiers. Parce que tu comprends, pour les tiers, ça leur donnait l'idée que nous étions un ménage. Sans les engueulades, qui est-ce qui l'aurait cru ? Alors, on s'en disait... comme par la bouche de l'enfer ! et les tiers rigolaient : « Ah ! quelles passionnées ! » Mon petit, je vais t'en raconter une que tu en resteras assis : tu sais bien, le prétendu testament de Massau...

— Quel Massau ? murmurait Chéri plein de langueur.

— Allons, tu ne connais que lui ! Le testament qu'il avait
– soi-disant ! – remis aux mains de Louise Mac-Millar...
C'était en dix-neuf cent neuf, et au moment que je te parle,
je faisais partie de la bande à Gérault, sa bande de « chiens
fidèles », nous étions cinq qu'il nourrissait à Nice, tous les
soirs à la *Belle-Meunière*, allons, on ne voyait que toi sur la
Promenade, tout en blanc comme un bébé anglais, et Léa
tout en blanc aussi... Ah ! quel couple ! Merveille sortie des
mains du Créateur ! Gérault taquinait Léa : « T'es trop *jeûne*,
ma fille, pis t'es trop fière, je t'embaucherai dans quinze-
vingt ans... » Et il a fallu qu'un pareil homme quitte cette
terre... Ses funérailles ont été arrosées de vraies larmes, ver-
sées par tout un peuple... Et donc que je te finisse l'histoire
du testament...

Un flux d'incidents, une marée de regrets rompus et de
résurrections anodines, barattés avec une habileté de vocéra-
trice, baignaient Chéri. Il se penchait vers la Copine, qui se
penchait symétriquement vers lui, baissait le ton aux passages
dramatiques, jetait un cri soudain ou un rire, et il vit dans une
glace combien ils ressemblaient tous deux au couple chucho-
tant qui leur avait cédé la place. Il se leva, poussé par le besoin
de changer leur apparence, et le barman imita son mouvement,
mais de loin, comme fait le chien discret quand son maître met
fin à une visite.

— Ah oui... dit la Copine. Eh bien, je te raconterai le reste
une autre fois.

— Après la prochaine guerre, plaisanta Chéri. Dis-moi, ces
deux lettres-là... Oui, ce chiffre en petits brillants... Ce n'est
pas le tien, Copine ?

Il désignait le sac noir du bout de l'index, avançant le doigt
et reculant le corps comme si le sac eût été vivant.

— Rien ne t'échappe, admira la Copine. Mais oui. Elle me
l'a donné, figure-toi. Elle m'a dit : « C'est trop femme pour
moi, à présent, ces bibelots-là. » Elle dit : « Qu'est-ce que tu
veux que je fiche de ces outils à glace et à poudre, avec ma
figure de gros gendarme ? » Elle me fait rire...

Chéri poussa vers la Copine, pour l'interrompre, la monnaie
d'un billet de cent francs :

— Pour ton taxi, Copine.

Ils débouchèrent sur le trottoir par la sortie de service, et l'éclairage diminué révéla à Chéri que la nuit s'avançait.

— Tu n'as pas ton auto ?

— Mon auto ? non. Je marche, ça me fait du bien.

— Ta femme est à la campagne ?

— Non. Son hôpital la retient à Paris.

La Copine hocha son chapeau invertébré.

— Je sais. C'est un grand cœur de femme. Elle est proposée pour la croix, je l'ai appris par la baronne.

— Quoi ?...

— Tiens, arrête-moi celui-là, mon petit, celui qui est fermé... Et Charlotte s'est bien démenée, elle connaît des personnes du giron de Clemenceau. Ça rachètera un peu l'histoire de Rita... un peu, pas beaucoup. Elle est noire comme la figure du péché, Charlotte, mon petit !

Il l'enfourna dans un taxi où elle se confondit avec l'ombre et cessa d'exister. Il douta de l'avoir rencontrée dès qu'elle ne parla plus, et il regarda autour de lui, en respirant longuement la poussière d'une nuit qui préparait un jour torride. Il crut, comme on le croit en songe, qu'il allait s'éveiller chez lui, parmi les jardins arrosés tous les soirs, l'odeur du chèvrefeuille d'Espagne et les cris des oiseaux, contre la hanche à peine renflée de sa jeune femme... Mais la voix de la Copine s'éleva du fond de la voiture :

— Deux cent quatorze, avenue de Villiers ! Retiens mon adresse, Chéri ! Et tu sais que je dîne souvent à la *Girafe*, avenue de Wagram, si des fois tu me cherchais... N'est-ce pas, si des fois tu me cherchais...

« Elle en a de bonnes », pensait Chéri en allongeant le pas. « La chercher ? Merci. Une autre fois je ferai un détour, si je la vois. »

Refroidi, reposé, il marchait sans effort, et ne quitta les quais qu'à la place de l'Alma, d'où il regagna en taxi l'avenue Henri-Martin. Un feu sourd, cuivré, teignait déjà l'Est et évoquait un coucher d'astre, plutôt qu'une aube d'été. Aucun nuage ne barrait le ciel, mais une nue minérale, arrêtée par sa pesanteur, couvrait Paris et prendrait tout à l'heure les couleurs de l'incendie, la sombre ardeur des métaux rougis.

Car la canicule sèvre les grandes villes, et leurs abords, au lever du jour, des roses mouillés, des mauves floraux et des bleus de rosée qui baignent les espaces où le végétal en foule respire.

Rien ne bougea dans l'hôtel quand Chéri tourna la clef minuscule dans la serrure. Le vestibule dallé sentait encore un peu le dîner de la veille et les branches de seringa coupées, en buissons dans des vases blancs, hauts à y cacher un homme, chargeaient l'air d'un poison irrespirable. Un chat gris inconnu s'évada, prit du champ sur la courte allée et considéra l'intrus avec froideur.

— Petit greffier, viens, appela Chéri à voix basse.

Le chat le toisa sans reculer d'une manière insultante, et Chéri se souvint qu'aucune bête, chien, cheval ou chat, ne lui avait accordé de sympathie. Il entendit, par-delà quinze années, la voix éraillée d'Aldonza, qui prophétisait : « Ceux que les bêtes n'aiment pas, c'est des maudits ! » Mais comme le chat, bien éveillé maintenant, roulait de ses deux pattes de devant un petit marron vert, Chéri sourit et monta vers la chambre.

Elle était bleue et sombre comme une nuit de théâtre, et l'aube s'arrêtait à son balcon, fleuri de roses disciplinées et de pélargoniums à entraves de raphia. Edmée dormait, ses bras et ses pieds nus hors de la couverture légère, couchée sur le flanc et la tête inclinée, un doigt passé dans son collier de perles, et pareille, dans le demi-jour, à une femme pensive plus qu'à une femme endormie. Sa chevelure crêpelée empiétait sur sa joue, et Chéri n'entendait pas son souffle.

« Elle se repose », pensa Chéri. « Elle rêve au docteur Arnaud, ou à la Légion d'honneur, ou à la Royal Dutch. Elle est jolie. Qu'elle est jolie ! Va, encore deux, trois heures de sommeil, et puis tu iras le retrouver, ton docteur Arnaud. Ça n'est pas bien grave. Vous vous retrouverez avenue d'Italie, dans la bonne boîte qui pue le phénol. Tu lui diras « oui, docteur, non, docteur », comme une petite fille. Vous aurez l'air bien sérieux, vous jonglerez avec des trente-sept quatre et des trente-huit neuf, et il tiendra dans sa grosse main au coaltar ta petite patte au phénosalyl. Tu en as de la chance, ma petite fille, d'avoir un roman dans ta vie ! Ce n'est pas moi qui te l'ôterai, va… Je voudrais bien, moi aussi… »

Edmée s'éveilla soudain, d'un mouvement si vif que Chéri ressentit la suffocation d'un homme à qui on coupe impoliment la parole.

— C'est toi ! c'est toi !... Comment, c'est toi ?

— Si tu en attendais un autre, je te fais mes excuses, dit Chéri en lui souriant.

— Oh ! c'est intelligent...

Elle s'assit, rejeta ses cheveux en arrière.

— Quelle heure est-il ? tu te lèves ? Ah ! non, tu n'es pas encore couché... tu rentres... Oh ! Fred !... Qu'est-ce que tu as encore fait ?

— « Encore » est un compliment... Si tu savais ce que j'ai fait...

Elle n'en était plus au temps où elle suppliait, les mains sur les oreilles : « Non ! non ! ne dis rien ! ne raconte pas ! » Mais Chéri, plus vite qu'elle, s'écartait de l'époque innocente et malicieuse des grandes larmes, des tourments qui jetaient dans ses bras, au petit jour, une jeune femme qu'il entraînait avec lui dans un sommeil de champions réconciliés. Plus de caprices... Plus de trahisons... Plus rien que cette chasteté inavouable...

Il jeta loin de lui ses chaussettes poussiéreuses, offrit à sa femme un visage pâle, habitué à tout dissimuler sauf sa volonté de dissimulation, s'assit sur la couche de lin fin et de dentelle :

— Sens-moi ! dit-il. Hein ?... J'ai bu du whisky.

Elle rapprocha leurs deux belles bouches, posa ses mains sur les épaules de son mari.

— Du whisky... répéta-t-elle, rêveuse... Du whisky... Pourquoi ?

Une plus simple eût demandé « avec qui » et Chéri nota cette finesse. Il montra qu'il savait jouer le jeu, en répondant :

— Avec une copine. Et veux-tu toute la vérité ?

Elle sourit, éclairée par la lumière levante qui s'enhardissait, touchait le bord du lit, puis le miroir, puis un cadre, puis l'or d'un poisson tournoyant dans une sphère de cristal emplie d'eau :

— Pas toute, Fred, pas toute ! Une vérité louche, une vérité pour heure indue...

Cependant elle réfléchissait, certaine à peu près que ni l'amour, ni le bas plaisir, n'entraînaient Chéri loin d'elle.

Elle abandonnait aux bras de Chéri un corps consentant, mais il sentait sur son épaule une étroite main dure, raidie de circonspection.

— La vérité, reprit-il, c'est que je ne sais pas son nom. Mais je lui ai donné... attends... quatre-vingt-trois francs.

— Comme ça, tout de suite ? La première fois que tu la rencontrais ? C'est princier.

Elle feignit de bâiller, coula mollement au creux du lit, comme si elle n'attendait aucune réponse, et il eut brièvement pitié d'elle, jusqu'à ce qu'un vif rayon horizontal sculptât mieux la forme presque nue qui gisait près de lui ; alors sa pitié disparut.

« Elle, elle est belle. Ce n'est pas juste. »

Renversée, elle entrouvrait pour lui les yeux et les lèvres. Il vit briller le regard explicite, borné, si peu féminin, que la femme dédie au donneur de plaisir, et il fut offensé dans sa chasteté inavouable. Il répliqua, de haut en bas, par un autre regard, insociable, compliqué, le regard de l'homme qui se refuse. Il ne voulait pas reculer et leva seulement la tête vers le jour doré, le jardin mouillé d'arrosage, les merles qui brodaient une arabesque vocale sur le cri sec et multiplié des passereaux. Edmée put voir, sur sa joue bleue de barbe renaissante, les traces d'une longue fatigue, et d'un amaigrissement sensible. Elle remarqua les nobles mains douteuses, les ongles que le savon n'avait pas purifiés depuis la veille, et le stigmate bistré, en forme de fer de lance, qui creusait la paupière inférieure et remontait jusqu'à l'angle interne de l'œil. Elle jugea que ce beau garçon sans faux col ni souliers portait toutes les déchéances physiques d'un homme qu'on a arrêté et qui a passé la nuit en prison. Il n'était pas enlaidi, mais diminué, selon un laminage mystérieux dont le spectacle rendit à Edmée l'autorité. Elle délaissa toute invite voluptueuse, s'assit, posa une main sur le front de Chéri :

— Malade ?

Lentement, il détacha du jardin son attention, revint à Edmée :

— Quoi ?... mais non, je n'ai rien, que sommeil. Tellement sommeil que je n'arrive pas à me coucher, figure-toi...

Il sourit, découvrit l'envers pâli de ses lèvres et des gencives, sèches, sans salive. Mais surtout il révéla en souriant une tristesse qui ne quêtait nul remède, et modeste comme un mal de pauvre. Edmée faillit l'interroger catégoriquement, puis se ravisa.

— Couche-toi, ordonna-t-elle, en lui faisant place.

— Me coucher ? Et l'eau ? Je suis sale que c'en est un rêve !

Il eut encore la force de saisir une carafe, d'y boire au goulot et de jeter son veston, puis il tomba comme un mur sur le lit et ne bougea plus, sapé par le sommeil.

Edmée contempla un long moment l'étranger à demi vêtu qu'un narcotisme retenait auprès d'elle. Sa vigilance allait de la lèvre bleuie à la paupière creuse, et de la main abandonnée au front scellé sur un seul secret. Elle se maîtrisait comme si le dormeur eût pu la surprendre, et composait son visage. Elle se leva doucement, et avant d'aveugler de rideaux la fenêtre éblouissante, elle jeta sur le corps étendu une couverture de soie qui, voilant son désordre de cambrioleur assommé, laissa resplendir la belle face rigide, et elle tendit soigneusement l'étoffe sur une main pendante, avec un peu de pieux dégoût, comme elle eût caché une arme qui a peut-être servi.

Il ne tressaillit pas, retiré pour quelques instants en un gîte inexpugnable ; d'ailleurs l'hôpital avait enseigné à Edmée des gestes professionnels, non point doux mais assurés, qui atteignent un point visé sans avertir ni effleurer la zone environnante. Elle ne se recoucha pas, et goûta, assise, demi-nue, la fraîcheur inespérée de l'heure où le soleil éveillait le vent. Les longs rideaux respiraient et versaient, selon la brise, plus ou moins de sombre azur sur le sommeil de Chéri.

Edmée ne pensait pas, en le regardant, aux blessés, ni aux morts dont elle avait joint les mains paysannes sur les gros draps de coton. Nul blessé travaillé de cauchemars, nul mort ne ressemblait à Chéri que le sommeil, le repos, le silence douaient d'une inhumanité unique.

L'extrême beauté ne suscite point de sympathie, n'appartient à aucune patrie, et le temps ne touchait à celle-ci que pour la rendre plus sévère. L'intelligence, chargée d'amender, en la dégradant à petits coups, la splendeur humaine, respectait en Chéri un admirable édifice consacré à l'instinct.

Que pouvaient l'amour, ses machiavélismes, son abnégation intéressée et ses violences, contre ce porteur inviolable de lumière et sa majesté d'illettré ?

Pourvue de patience, et souvent subtile, Edmée ne prenait pas garde que l'appétit féminin de posséder tend à émasculer toute vivante conquête et peut réduire un mâle, magnifique et inférieur, à un emploi de courtisane. Sa sagesse de petit peuple neuf entendait ne pas renoncer aux richesses – l'argent, la paix, le despotisme domestique, le mariage – conquises en si peu d'années et dont la guerre doublait la saveur.

Elle regardait le corps fourbu, clos et comme déserté.

« C'est Chéri, se répétait-elle, voilà, c'est Chéri... Que c'est peu, Chéri !... » Elle leva l'épaule, elle ajouta : « C'est ça, leur Chéri... » En s'excitant à mépriser l'homme renversé. Elle rassembla en sa mémoire des nuits conjugales, des matins tout languissants de plaisir et de soleil, et n'en fit, à ce mort somptueux sous la soie fleurie et l'aile rafraîchissante des rideaux, qu'un froid hommage vindicatif, car il la dédaignait progressivement. Elle porta la main à son sein petit et pointu, placé bas sur son torse mince, elle pressa ce fruit élastique comme pour prendre à témoin de l'injuste abandon le point le plus tentant de son jeune corps.

« Ce qu'il lui faut, à Chéri, c'est sans doute autre chose... Ce qu'il lui faut... »

Mais elle s'essayait vainement au mépris. Une femme même perd le goût et le pouvoir de mépriser un homme qui souffre en toute indépendance.

Edmée se sentit soudain rassasiée du spectacle que l'ombre des rideaux, la pâleur du dormeur et le lit blanc teignaient aux couleurs romantiques de la nuit et de la mort. Elle se leva d'un jet, dispose, forte, mais rebelle à toute offensive passionnée autour du lit désordonné, autour du traître, de l'absent réfugié dans son sommeil, dans son mal offensant et muet. Elle n'était ni irritée ni chagrine, et son sang ne battit plus fort dans sa gorge, ne monta à sa joue couleur de perle, qu'à l'image rousse et sanguine de l'homme qu'elle appelait « mon cher maître » et « chef » sur un ton de badinage sérieux. La main épaisse et douce, le rire d'Arnaud et les étincelles que le soleil ou la lampe de la salle d'opération allumait dans sa moustache rouge, et la blouse blanche endossée, enlevée dans l'hôpital même, ainsi que le vêtement intime qui ne dépasse pas un seuil voluptueux... Edmée se leva comme pour la danse :

« Ça, oui ça !... »

Elle agita sa tête et sa chevelure par un mouvement de cavale, et gagna la salle de bains sans se retourner.

D'invention pauvre et de proportions banales, la salle à manger demandait son luxe à une tenture jaune semée de pourpre et de vert. Les stucages blancs et gris des parois rejetaient trop de clarté aux convives, déjà dépouillés de toute ombre par la lumière qui tombait, sans ménagement, du plafond.

Une constellation de cristal bougeait à chaque mouvement de la robe d'Edmée. Mme Peloux avait gardé, pour le dîner familial, son costume tailleur boutonné de cuir, et Camille de La Berche son voile d'infirmière, sous lequel elle ressemblait fidèlement au Dante, en plus velu. À cause de la chaleur, les femmes se taisaient, et Chéri se taisait par habitude. Le bain chaud, la douche froide triomphaient de sa fatigue, mais la puissante lumière, ricochant sur sa pommette, dénonçait la dépression de la joue, et il tenait les yeux baissés, afin que l'ombre de ses cils couvrît sa paupière inférieure.

— Chéri a seize ans, ce soir, assena hors de propos la basse profonde de la baronne.

Personne ne lui répondit, et Chéri salua d'une petite inclinaison du buste.

— Il y a bien longtemps, continua la baronne, que je ne lui ai pas vu l'ovale de la figure si mince.

Edmée fronça imperceptiblement les sourcils.

— Moi, si. Simplement pendant la guerre.

— C'est vrai, c'est vrai, approuva en petit fifre Charlotte Peloux. Qu'il était défait, mon Dieu, en 1916, à Vesoul! Ma petite Edmée, ajouta-t-elle sans transition, j'ai vu qui vous savez, aujourd'hui, et *tout* va très bien…

Edmée rougit d'une manière docile qui ne lui seyait pas et Chéri leva les yeux :

— Tu as vu qui ? Et qu'est-ce qui va bien ?

— La pension de Trousselier, mon petit amputé du bras droit. Il est sorti de l'hôpital le 20 juin… Ta mère s'occupe de lui à la Guerre.

Elle n'avait pas cherché sa réponse, et elle reposait sur lui la couleur dorée de ses calmes prunelles, pourtant il savait qu'elle mentait.

« C'est de son ruban rouge qu'il s'agit. Après tout, pauvre gosse, c'est bien son tour… »

Elle lui mentait devant ces deux femmes qui savaient qu'elle mentait…

« Et si j'envoyais la carafe au milieu de tout ça ? »

Mais il ne bougea pas. Dans quelle passion eût-il puisé le sursaut qui dresse le corps, dirige la main ?

— Abzac nous quitte dans une semaine, reprit Mme de La Berche.

— Ce n'est pas sûr, repartit Edmée avec quelque vivacité. Le docteur Arnaud n'est pas d'avis qu'on le laisse s'échapper comme ça sur sa jambe neuve… Vous le voyez, libre de commettre toutes les imprudences, et les possibilités de gangrène… Le docteur Arnaud sait trop bien que des imprudences analogues, pendant toute la durée de la guerre…

Chéri la regardait, et elle suspendit sa phrase sans motif. Elle maniait comme un éventail une rose à tige feuillue. Elle refusa d'un signe le plat qu'on passait et s'accouda. Vêtue de blanc, l'épaule nue, elle n'était pas exempte, même dans l'immobilité, de cette satisfaction intime, de cette considération de soi qui la classaient. Quelque chose d'outrageant rayonnait à travers son suave contour. Une indiscrète lueur décelait celle qui veut parvenir et qui n'a connu encore que le succès.

« Edmée, jugea Chéri, c'est une femme qui n'aurait jamais dû avoir plus de vingt ans. Voilà qu'elle commence à ressembler à sa mère. »

L'instant d'après, la ressemblance avait disparu. Rien d'évident ne rappelait Marie-Laure en Edmée. De la beauté d'empoisonneuse, rousse, blanche, impudente, dont Marie-Laure s'était servie pendant sa carrière comme d'un piège,

Edmée ne se réclamait que par un seul signe : l'impudence. Attentive à ne choquer personne, elle choquait pourtant à la manière d'une parure trop neuve, ou d'un coursier de second ordre, les êtres que leur nature ou leur absence d'éducation rapprochait de la subtilité originelle. Les domestiques et Chéri redoutaient ce qu'en Edmée ils pressentaient plus bas qu'eux.

Autorisée par Edmée qui allumait une cigarette, la baronne de La Berche grilla longuement la pointe d'un cigare et fuma avec volupté. Le voile blanc à croix rouge retombait sur ses viriles épaules et elle était pareille aux hommes graves qui coiffent, à la fin des réveillons, des bonnets phrygiens, des fanchons d'ouvreuse et des shakos en papier mousseline. Charlotte défit les boutons de cuir tressé de sa jaquette, attira à elle la boîte d'abdullas, et le maître d'hôtel, respectueux des us de l'intimité, roula à portée de Chéri une petite table de prestidigitateur, pleine de secrets, de doubles fonds à bascule et de liqueurs dans des fioles d'argent. Puis il quitta la salle et le mur jaune perdit son ombre longue de vieil Italien à visage de buis, coiffé de cheveux blancs.

— Il a vraiment de la branche, ce Giacomo, dit la baronne de La Berche. Et je m'y connais.

Mme Peloux haussa les épaules, geste qui depuis longtemps n'émouvait plus ses seins. Sa gorge chargeait une blouse de soie blanche à jabot ; sa courte chevelure teinte, encore foisonnante, brûlait d'un rouge sombre au-dessus de ses grands yeux funestes et de son beau front de conventionnel.

— Il a la branche qu'ont tous les vieux Italiens à cheveux blancs. Tous camériers du Pape, à les voir, et ils te font le menu en latin, et puis tu ouvres une porte, et tu les trouves en train de violer une petite fille de sept ans.

Chéri accueillit cette virulence comme une averse opportune. La méchanceté maternelle rouvrait les nuées, ramenait un air respirable. Il aimait, depuis peu, la retrouver pareille à la Charlotte d'autrefois qui, du haut de son balcon, traitait de « femme à trois francs » une gracieuse passante, et qui, à une question de Chéri : « Tu la connais ? » répliquait : « Non, mais ! il faudrait peut-être que je la connaisse, cette traînée ! » Confusément, il prenait goût depuis peu à la vitalité supérieure de Charlotte, confusément il la préférait aux deux autres créatures présentes, mais il ne sut pas que cette préférence, cette partialité s'appelaient peut-être amour filial. Il rit, applaudit Mme Peloux d'être encore, d'une façon éclatante, celle qu'il avait connue, haïe, redoutée, insultée. Un instant, Mme Peloux prit aux yeux de son fils son caractère authentique, c'est-à-dire qu'il l'estima à sa valeur, l'apprécia fougueuse, dévoratrice, calculatrice et imprudente tout ensemble comme un grand financier, capable de délectation dans la malignité comme un humoriste. « Un fléau, quoi », se dit-il, « mais pas plus. Un fléau, mais pas une étrangère... » Il reconnut, mordant en pointes le front de conventionnel, les pointes d'un noir bleuté qui, sur son propre front, rendaient évidents la blancheur de la peau et le noir bleu des cheveux.

« C'est ma mère », pensa-t-il. « Personne ne m'a jamais dit que je lui ressemble, et je lui ressemble. » L'« étrangère » en face de lui, brillait d'un éclat de perle, blanc et voilé... Chéri entendit le nom de la duchesse de Camastra, jeté par la voix profonde de la baronne, et il vit sur le visage de l'étrangère s'allumer et mourir une férocité fugitive, comme le serpent de feu qui ranime soudain dans la cendre la forme d'un sarment consumé. Mais elle n'ouvrit pas la bouche et ne se mêla pas au concert de malédictions militaires dont la baronne chargeait une rivale ès clinique.

— Ils ont là-dedans une histoire d'antralgésine, il paraît... Deux morts en deux jours sous la seringue. Je ne les vois pas blancs ! dit Mme de La Berche avec un rire cordial.

— Vous rêvez, rectifia sèchement Edmée. C'est une vieille histoire de Janson de Sailly qu'on réédite.

— On ne prête qu'aux riches, soupira Charlotte avec mansuétude. Chéri, tu as sommeil ?

Il fondait de fatigue, et il admirait la résistance de ces trois femmes que le labeur, l'été parisien, le mouvement et la parole ne mettaient pas hors de combat.

— La chaleur, dit-il laconiquement.

Le regard d'Edmée croisa le sien, mais elle ne fit aucun commentaire et ne le démentit point.

— Pou-pou-pou... chantonna Charlotte. La chaleur... Mais certainement. Pou-pou-pou...

Son regard appuyé sur celui de Chéri débordait de complicité, de tendre chantage. Comme d'habitude, elle savait tout. Chuchotements d'office, rapports de concierges... Peut-être que Léa elle-même, pour le plaisir de mentir fémininement, de triompher une dernière fois, racontait à Charlotte... La baronne de La Berche laissa échapper un petit ricanement chevalin, et l'ombre de son grand nez d'ecclésiastique couvrit le bas de son visage.

— Nom de Dieu ! jura Chéri.

Sa chaise tomba derrière lui, et Edmée se mit debout aussitôt, prompte, attentive. Elle n'exprimait pas le moindre étonnement. Charlotte Peloux et la baronne de La Berche se mirent aussi sur la défensive, mais à l'ancienne mode, les mains à la jupe comme pour se trousser et fuir. Chéri, appuyé des deux poings à la table, haletait, et tournait la tête de droite et de gauche, comme une bête prise dans un filet.

— Vous, d'abord, vous... bégaya-t-il.

Il tendit le bras vers Charlotte, qui en avait vu bien d'autres et que la menace filiale, devant témoins, galvanisa.

— Quoi ? quoi ? quoi ? aboya-t-elle à petits coups. M'insulter ? un petit malheureux, un petit malheureux qui, si je voulais parler...

Les cristaux vibraient au son de sa voix perçante, mais une voix plus aiguë lui coupa la parole :

— Laissez-le ! cria Edmée.

Le silence sembla assourdissant après trois clameurs si brèves, et Chéri, rendu à sa dignité physique, se secoua, sourit, couvert d'une pâleur verte.

— Je vous demande pardon, Mame Peloux, dit-il avec enjouement.

Déjà elle le bénissait de l'œil et du geste, en championne que la fin du round trouve apaisée.

— Ah ! tu l'as, le sang vif !

— C'est un guerrier, dit la baronne en serrant la main d'Edmée. Je te dis au revoir. Chéri, ma cagna m'attend.

Elle refusa une place dans l'automobile de Charlotte et voulut rentrer à pied chez elle. Le long de l'avenue Henri-Martin, sa haute taille, son voile blanc d'infirmière et le feu de son cigare enlevaient, la nuit, le courage aux pires rôdeurs. Edmée suivit les deux vieilles femmes jusqu'au seuil, courtoisie exceptionnelle qui permit à Chéri de mesurer la défiance de sa femme, et sa pacifique diplomatie.

Il but, à lentes gorgées, un verre d'eau froide et réfléchit, debout, sous une cataracte de lumière, en savourant son terrible isolement.

« Elle m'a défendu, répétait-il. Elle m'a défendu sans amour. Elle m'a défendu comme elle défend le jardin contre les merles, sa provision de sucre contre les infirmières pillardes, son vin contre les valets. Elle sait, sans doute, que je suis allé rue Raynouard, que j'en suis revenu, et que je n'y suis pas retourné. Elle ne m'en a pas dit un mot, et peut-être que cela lui est indifférent. Elle m'a défendu, parce qu'il ne fallait pas que ma mère parlât... Elle m'a défendu sans amour. »

Il entendit dans le jardin la voix d'Edmée. De loin, elle tâtait l'humeur de Chéri.

— Tu veux monter tout de suite, Fred ? Tu ne te sens pas souffrant ?

Elle tendit la tête par la porte entrebâillée, et il rit amèrement, en lui-même :

« Elle est si prudente... »

Elle vit son sourire et s'enhardit.

— Viens, Fred. Je crois que je suis presque aussi lasse que toi. La preuve, c'est ce que je me suis laissé aller tout à l'heure... mais je viens de m'excuser auprès de ta mère.

Elle éteignit une partie de la cruelle lumière et recueillit sur la nappe des roses qu'elle plongea dans l'eau. Son corps, ses mains, les roses, sa tête penchée dans une brume de cheveux dont la chaleur effaçait un peu la crêpelure, tout, en elle, pouvait enchanter un homme.

« Je dis un homme, – je ne dis pas n'importe quel homme », répéta insidieusement la voix de Léa aux oreilles de Chéri...

« Je peux tout lui faire », pensait-il en suivant Edmée des yeux. « Elle ne se plaindra pas, elle ne divorcera pas, je n'ai rien à craindre d'elle, même pas l'amour. Il ne tiendrait vraiment qu'à moi d'être bien tranquille. »

Mais, en même temps, il reculait avec une répugnance indicible devant l'idée de vivre, apparié, dans un domaine qui n'était pas régi par l'amour. Son enfance de bâtard, sa longue adolescence en tutelle lui avaient enseigné qu'en un monde qui passe pour effréné règne un code presque aussi étroit qu'un préjugé bourgeois. Chéri y avait appris que l'amour s'occupe d'argent, de trahisons, de crimes et de lâches consentements. Mais il était maintenant en chemin d'oublier les vieux statuts et de repousser les tacites condescendances. Aussi laissa-t-il glisser la douce main posée sur sa manche. Et comme il marchait aux côtés d'Edmée vers la chambre qui n'entendrait ni reproches, ni baisers, il se sentit pénétré de honte, et il rougit de leur bonne entente monstrueuse.

Il se trouva dehors, et vêtu pour la rue, sans presque avoir su qu'il revêtait un imperméable léger, coiffait un chapeau mou. Il laissait derrière lui le hall embrumé de fumée suspendue, le fort parfum des femmes et des fleurs, l'odeur cyanhydrique du cherry. Il laissait Edmée, le docteur Arnaud, des Filipesco, des Atkins et des Kelekian, deux jeunes filles du monde, qui pour avoir bénévolement conduit des camions pendant la guerre, n'aimaient plus que le cigare, l'automobile et les camaraderies de garages. Il abandonnait Desmond flanqué d'un marchand de biens et d'un sous-secrétaire d'État au ministère du Commerce, un amputé-poète, et Charlotte Peloux. Un jeune ménage mondain, sans doute particulièrement informé, avait dîné d'un air prude et gourmand, avec des mines entendues, une avidité scandalisée et naïve qui semblait attendre que Chéri dansât tout nu, ou que Charlotte et le sous-secrétaire d'État s'accouplassent sur le tapis du hall.

Chéri s'en allait conscient de s'être stoïquement comporté, sans autre faute qu'une perte subite du présent, une désaffection gênante au cours du repas. Encore cette stupeur n'avait duré qu'un moment, incalculable comme les songes. Maintenant, il s'éloignait de tous les étrangers qui peuplaient sa maison, et son pas sur le sable faisait un doux bruit de pattes légères. La couleur grise et argentée de son vêtement le rendait pareil au brouillard descendu sur le Bois, et deux ou trois promeneurs nocturnes envièrent ce jeune homme pressé qui n'allait nulle part.

L'image de sa maison pleine le pourchassait. Il entendait encore le son des voix, il emportait le souvenir des visages et des rires, et surtout de la forme des bouches. Un homme âgé avait parlé de guerre, une femme de politique. Il se rappelait aussi l'entente nouvelle qui reliait Desmond à Edmée et l'intérêt que sa femme prenait à un lotissement... « Desmond... quel mari pour ma femme... » Et puis, la danse... Charlotte Peloux accessible au tango... Chéri hâta le pas.

Une nuit de précoce automne, humide, enveloppait de brume la pleine lune. Un grand halo laiteux, environné d'un pâle arc-en-ciel, remplaçait l'astre et s'éteignait par moments, étouffé sous des bouffées de nues courantes. L'odeur de septembre naissait des feuilles tombées pendant la canicule.

« Il fait doux », pensa Chéri.

Un banc accueillit sa lassitude, mais il ne s'arrêta pas long-temps, rejoint par une compagne invisible à laquelle il refusa, sur le banc, sa place. Une compagne qui portait cheveux gris, longue veste, et résonnait d'une gaieté inexorable... Chéri tourna la tête vers les jardins de la Muette, comme s'il pouvait entendre, de si loin, les cymbales du jazz-band.

L'heure n'était pas venue de regagner la chambre bleue où peut-être les deux jeunes filles du meilleur monde fumaient encore de bons cigares, assises en amazone sur le velours bleu du lit, et amusaient le marchand de biens avec des anecdotes de ravitailleuses.

« Ah, une bonne chambre d'hôtel, une bonne chambre rose, bien banale et bien rose... » Mais ne perdrait-elle pas sa bana-lité au moment où, la lampe éteinte, la nuit totale autoriserait l'entrée, pesante et badine, de la longue veste impersonnelle et des drus cheveux gris ? Il sourit à l'intruse, car il avait franchi l'étape de la peur : « Là ou ailleurs..., *elle* sera aussi fidèle. Mais je ne veux plus habiter avec ces gens. »

Jour par jour, heure par heure, il devenait méprisant, et rigoriste. Déjà il jugeait sévèrement les héros des faits divers, et les jeunes veuves de la guerre qui réclamaient, comme le brûlé l'eau fraîche, des maris neufs. Son intransigeance atteignait le domaine de l'argent, sans qu'il se rendît compte d'un changement aussi grave. « Pendant le dîner, cette combine des bateaux de cuirs bruts... Quelle dégoûtation ! Ils parlent de ça tout haut... » Mais pour rien au monde il n'eût révélé, par une protestation publique, qu'il devenait celui qui n'a plus, avec ses semblables, de commune mesure. Prudent, il taisait cela comme le reste. Accusée par lui de liquider bizarrement quelques tonnes de sucre, Charlotte Peloux ne lui avait-elle par rappelé, en quelques mots explicites, le temps où Chéri demandait, sur le ton d'une désinvolte réquisition : « Léa, passe-moi donc cinq louis que j'aille chercher des cigarettes… »

« Ah ! » soupira-t-il, « elles ne comprendront jamais rien, ces femmes… Ce n'était pas la même chose… »

Ainsi il rêvait, tête nue et les cheveux humides, presque inconsistant dans le brouillard. Une ombre féminine passa près de lui en courant. Le rythme de la course, la morsure grinçante des pieds sur le gravier décelaient la hâte, l'angoisse, et l'ombre de femme se jeta sur une ombre d'homme qui venait à sa rencontre, s'abattit sur elle, poitrine à poitrine, comme traversée d'une balle.

« Ces deux-là se cachent », pensa Chéri. « Qui trompent-ils ? Tout le monde trompe. Mais moi… » Il n'acheva pas, mais il se leva sur un mouvement de répugnance qui signifiait profondément : « Moi, je suis pur. » Une confuse lumière, sur des régions stagnantes et jusque-là insensibles, commençait à lui enseigner que pureté et solitude sont un seul et même malheur.

La nuit avançant, il sentit le froid. À veiller longuement et sans but, il apprenait que les phases de la nuit varient sa saveur, et que minuit est une heure tiède si on la compare à celle qui précède immédiatement l'aube.

« L'hiver viendra vite », pensa-t-il en allongeant le pas. « Ce n'est pas trop tôt qu'on en finisse avec cet été interminable. L'hiver prochain, je veux… Voyons, l'hiver prochain… » Son effort prospecteur plia presque aussitôt, et il s'arrêta, tête baissée, comme un cheval qui voit de loin la côte.

« L'hiver prochain, il y aura encore ma femme, ma mère, la mère La Berche, Chose, Machin et Truc. Il y aura tout ce monde… Et il n'y aura plus jamais pour moi… »

Il s'arrêta pour regarder marcher, sur le Bois, une horde de nues basses, d'un rose insaisissable, qu'un coup de vent abattait, empoignait par leur chevelure de brouillards, tordait, traînait sur les pelouses avant de les ravir jusqu'à la lune… Chéri contemplait familièrement les féeries lumineuses de la nuit que ceux qui dorment croient noire.

L'apparition, mi-voilée, d'une plate et large lune parmi des fumées véloces qu'elle semblait chasser et fendre, ne le détourna pas d'une divagation arithmétique : il fit le compte en années, en mois, jours et heures, d'un précieux temps, à jamais perdu.

« Si, le jour où je suis allé la revoir, avant la guerre, je l'avais gardée, c'étaient trois, quatre ans de bons, des centaines, des centaines de jours et de nuits, gagnés, mis en réserve pour l'amour... » Un si grand mot ne le fit pas broncher.

« Des centaines de jours, une vie, – la vie. La vie comme avant, la vie avec ma pire ennemie, comme elle disait... Ma pire ennemie qui me pardonnait tout et ne me passait rien... » Il pressait son passé, exprimait un reste de suc sur son désert présent, ressuscitait, inventait au besoin sa princière adolescence modelée, conduite par deux grandes mains robustes de femme, amoureuses, prêtes à châtier. Longue adolescence orientale, protégée, où la volupté passait comme un silence dans un chant... Luxe, caprices, cruautés d'enfant, fidélité qui s'ignorait... Il renversa la tête vers le halo de nacre qui emplissait le haut du ciel et cria tout bas : « Tout est foutu ! J'ai trente ans ! »

Il se hâta vers sa demeure, en s'invectivant sur le rythme vif de son pas : « Imbécile ! Le pire, ce n'est pas son âge à elle, c'est le mien. Pour elle, tout est probablement fini, mais pour moi... »

Il ouvrit sans bruit sa maison enfin silencieuse et y retrouva, le cœur sur les lèvres, le relent de ceux qui avaient bu, mangé et dansé là. Le miroir du vestibule, à l'envers de la porte, le remit en face du jeune homme amaigri qui avait la pommette dure, une belle lèvre triste un peu bleuie de poil noir renaissant, un grand œil tragique et réticent, – le jeune homme enfin qui avait inexplicablement cessé d'avoir vingt-quatre ans.

« Pour moi », acheva Chéri, « je crois bien que tout est dit. »

— Tu comprends, ce qu'il me faudrait, c'est un coin tranquille... Un rien, une garçonnière, un pied-à-terre...

— Je ne suis pas une enfant, reprocha la Copine.

Elle leva vers le plafond à guirlandes ses yeux inconsolables.

— Un peu de rêve, mon Dieu, un peu de roman et de caresses pour un pauvre cœur d'homme... Tu parles si je comprends ! Et tu n'as pas de préférence ?

Chéri fronça les sourcils.

— De préférence ? pour qui ?

— Tu ne me comprends pas, mon bel enfant... De préférence pour un quartier ?

— Ah... Non, je n'ai pas de préférence. Un coin tranquille.

La Copine hocha sa grande tête complice.

— Je vois, je vois. Quelque chose dans mon genre, dans le genre de mon appartement. Tu sais où je reste ?

— Oui...

— Non, tu n'en sais rien. J'étais sûre que tu ne le mettrais pas en écrit. Deux cent quatorze, avenue de Villiers. Ça n'est ni beau ni grand. Mais tu ne cherches pas une garçonnière pour être remarqué ?

— Non.

— Moi, j'ai trouvé la mienne grâce à une combine avec ma propriétaire. Un bijou de femme, par parenthèse, mariée ou tout comme. Un oiseau aux yeux de pervenche, mais la fatalité l'a marquée au front, et je lui ai déjà vu dans ses cartes qu'elle abusait de toutes choses et que...

— Oui. Tu m'as dit tout à l'heure que tu connaissais un pied-à-terre...

— Un pied-à-terre, oui, mais indigne de toi.

— Tu crois ?

— De toi… de vous !

La Copine enfouit son rire plein d'allusions dans un whisky dont l'odeur de harnais mouillé incommodait Chéri. Il supporta qu'elle plaisantât de bonnes fortunes imaginaires, car il voyait, sur son cou grenu, un fil de grosses perles creuses qu'il croyait reconnaître. Toute trace intacte du passé l'immobilisait sur une voie qu'il descendait insensiblement, et pendant ces haltes, il se reposait.

— Ah ! soupira la Copine, je voudrais la contempler au passage ! Quel couple !… Je ne la connais pas, mais je vous vois ensemble !… Naturellement, tu veux la meubler ?

— Qui ?

— Mais ta garçonnière, donc !

Perplexe, il regarda la Copine. Des meubles… Quels meubles ? Il n'avait songé qu'à une chose : posséder une retraite dont la porte s'ouvrirait, se refermerait pour lui seul, sur un lieu ignoré d'Edmée, de Charlotte, de tous…

— Tu la meubles en ancien, ou en moderne ? La belle Serrano avait tendu son rez-de-chaussée rien qu'en châles espagnols, mais c'est une excentricité. Il est vrai que tu es assez grand pour savoir ce que tu veux…

Il l'écoutait peu, requis par l'effort d'imaginer un futur logis, secret, étroit, chaud et noir. Cependant, il buvait du sirop de groseilles comme une jeune fille d'autrefois, dans le bar rougeâtre, démodé, invariable et pareil à lui-même depuis que Chéri, garçonnet, y avait sucé du bout d'une paille ses premiers barbotages… Le barman lui-même ne changeait pas, et si la femme assise en face de Chéri était une femme flétrie, du moins ne l'avait-il jamais connue belle, ni jeune…

« Ma mère, ma femme, les gens qu'elles voient, tout ce monde change, et vit pour changer… Ma mère peut devenir banquier et Edmée conseiller municipal. Mais moi… »

Il se hâta de revenir en pensée au refuge futur, situé dans un point inconnu de l'espace, mais qui serait secret, étroit, chaud et…

— Moi, c'est algérien, poursuivait la Copine. Ça ne se fait plus, mais ça m'est bien égal, d'autant que c'est des meubles prêtés. J'y ai mis des photos que tu connais sûrement, et puis le portrait de la Loupiote... Viens le visiter, tu me feras plaisir.

— Je veux bien. Allons !

Du seuil, il appela un taxi.

— Mais tu n'as donc jamais ton auto ? Pourquoi n'as-tu pas ton auto ? C'est tout de même extraordinaire que les personnes qui ont une auto n'ont jamais leur auto !

Elle rassemblait sa jupe noire fanée, pinçait le cordonnet de son face-à-main dans le fermoir de son sac, laissait tomber un gant, et subissait avec un sans-gêne nègre les regards des passants. À côté d'elle, Chéri reçut des sourires insultants et l'admiration condoléante d'une jeune femme qui s'écria : « Que de bien de perdu, Seigneur ! »

Patient, assoupi, il subit le bavardage de la vieille femme dans la voiture. Elle lui contait d'ailleurs de douces histoires, celle du petit chien de neuf cents grammes qui avait immobilisé le retour des courses de 1897, celle de la mère La Berche enlevant une jeune épousée, le jour du mariage, en 1893...

— C'est là. Ouvre-moi la portière qui est dure, Chéri. Je te préviens que le vestibule n'est pas clair, ni d'ailleurs, comme tu vois, l'entrée de la maison... Mais un rez-de-chaussée, n'est-ce pas... Reste là une seconde...

Debout dans l'obscurité, il attendait. Il écoutait un bruit de trousseau de clefs, une soufflerie de la créature âgée et poussive, sa voix de servante affairée.

— J'allume... Tu vas d'ailleurs te trouver dans un pays de connaissance. Bien entendu, j'ai l'électricité... Je te présente mon petit salon, qui est en même temps mon grand salon.

Il entra, loua sans la voir, par gentillesse, une pièce basse aux murs vaguement grenat, boucanée par la fumée d'innombrables cigares et cigarettes. D'instinct, il chercha la fenêtre aveuglée de volets et de rideaux...

— Tu n'y vois pas ? Tu n'es pas un vieil oiseau de nuit comme ta Copine... Attends, j'allume le plafond.

— Ne te donne pas la peine... Je ne fais qu'entrer et...

Tourné vers la paroi la plus éclairée, tapissée de petits cadres et de photographies percées de quatre punaises, il se tut, et la Copine se mit à rire.

— Quand je te le disais que tu serais en pays de connaissance ! J'étais sûre que ça te ferait plaisir. Tu ne l'as pas, celle-là ?

Celle-là, c'était un très grand portrait photographique, rehaussé de couleurs d'aquarelle presque éteintes. Des yeux bleus, une bouche riante, un chignon blond, un air de paisible triomphe armé... La taille haute dans un corselet premier-empire, et des jambes visibles sous la gaze, des jambes à n'en plus finir, renflées aux cuisses, minces au genou, des jambes... Et un chapeau de gommeuse, un chapeau qui n'avait qu'une seule aile relevée, tendue comme une seule voile au vent...

— Elle ne te l'avait pas donnée, celle-là, je le parie bien ? Une déesse, une fée, là-dessus ! Elle marche sur les nuées ! Et comme c'est bien elle tout de même ! Cette grande photo, c'est la plus belle à mon sens, mais je tiens tout autant aux autres, tiens, par exemple, cette petite-là qui est beaucoup plus récente, est-ce que ce n'est pas un plaisir des yeux ?

Un instantané, assujetti par une épingle rouillée, montrait une femme sombre sur un jardin clair...

« C'est la robe bleu-marine et le chapeau avec des mouettes », se dit Chéri en lui-même.

— Moi, je suis pour les portraits flatteurs, continua la Copine. Un portrait comme celui-ci, voyons, en conscience, est-ce que ce n'est pas à joindre les mains et croire en Dieu ?

Un art bas et savonneux avait léché le suave « portrait-carte », allongé le cou, rétréci un peu la bouche du modèle. Mais le nez, aquilin juste assez, le nez délicieux et ses conquérantes narines, mais le pli chaste, le sillon de velours qui creusait sous le nez la lèvre supérieure, demeuraient intacts, authentiques, respectés du photographe même...

— Crois-tu qu'elle voulait tout brûler, sous prétexte qu'à présent ça n'intéresse plus personne de savoir comme elle a été ? Mon sang s'est révolté, j'ai jeté des cris d'enfer, elle me les a toutes données, le même jour qu'elle m'a fait cadeau du réticule à son chiffre...

— Qui c'est, ce type, là-dessus, avec elle ?

— Quoi ? Tu dis ? qu'est-ce qu'il y a ?... Attends que je pose mon chapeau...

— Je te demande qui c'est, le type, là… Un peu vite, allons…

— Mon Dieu, mais tu me bouscules… Là ? C'est Bacciocchi, voyons ! Naturellement, tu ne peux guère le reconnaître, il date de deux tours avant toi.

— Deux quoi ?

— Après Bacciocchi, elle a eu Septfons, et encore non, attends, Septfons, c'était avant… Septfons, Bacciocchi, Spéleïeff, et toi. Hein, ce pantalon à carreaux… C'est rigolo, ces modes d'hommes d'autrefois.

— Et cette photo-là, c'est de quand ?

Il s'écarta d'un pas, car la Copine penchait, près de lui, sa tête nue et des cheveux en nid de pie, feutrés, qui sentaient la perruque.

— Ça, c'est sa toilette des Drags en… en dix-huit cent quatre-vingt-huit ou neuf. Oui, l'année de l'Exposition. Là, mon petit, il faut tirer le chapeau. Des beautés comme ça, on n'en fait plus.

— Peuh… Je ne la trouve pas épatante…

La Copine joignit les mains. Sans chapeau elle vieillissait, la chevelure teinte d'un noir vert, au-dessus d'un front nu, en beurre jaune.

— Pas épatante ! Cette taille à serrer dans les dix doigts ! Ce cou de colombe ! Et regarde-moi la robe ! Toute en mousseline de soie ciel coulissée, mon petit, et des cordons de roses pompon cousus sur les coulissés, et le chapeau en pareil ! Et la petite aumônière en pareil aussi, on appelait ça une aumônière… Ah ! la beauté ! on n'a pas revu de débuts comme les siens, une aurore, un soleil de l'amour !

— Des débuts où ?

Elle poussa Chéri d'une molle bourrade.

— Allons !… Ce que tu me fais rire ! Ah ! les deuils de la vie doivent être bien roses, près de toi !…

Tourné vers la muraille, il cachait ainsi son visage rigide. Il parut attentif encore à quelques Léa, l'une respirant une rose artificielle, l'autre penchée sur un livre à fermoir gothique, et découvrant une nuque large, un col sans pli, rond et blanc, en fût de bouleau.

— Eh bien, je m'en vais, dit-il comme Valérie Cheniaguine.

— Comment, tu t'en vas ? Et ma salle à manger ? Et ma chambre à coucher ? donne un coup d'œil, mon bel enfant ? Rends-toi compte, pour ta garçonnière ?

— Ah ! oui... Écoute, pas aujourd'hui, parce que...

Il glissait vers le rempart de portraits un regard méfiant et baissait la voix.

— J'ai un rendez-vous. Mais je reviens... demain. Probablement demain, avant le dîner.

— Bon. Alors, je peux marcher ?

— Marcher ?

— Pour l'appartement ?

— Oui. C'est ça. Vois venir. Et merci.

« Ma parole, je me demande dans quel temps on vit... Les jeunes, les vieux, c'est à qui sera le plus dégoûtant... Deux "tours" avant moi... Et des débuts, dit cette vieille araignée, des débuts éblouissants !... Tout ça au grand jour, non, vraiment, quel monde... »

Il s'aperçut qu'il menait un train d'entraînement pédestre, et qu'il s'essoufflait. Aussi bien l'orage, lointain et qui n'éclaterait pas sur Paris, arrêtait la bise derrière une muraille violette, droite contre le ciel. Sur les fortifications, au long du boulevard Berthier, une foule clairsemée de Parisiens en espadrilles, d'enfants demi-nus en jerseys rouges, semblait attendre, sous les arbres dénudés par l'été, qu'une marée montante accourût de Levallois-Perret. Chéri s'assit sur un banc, sans prendre garde que ses forces, mystérieusement délabrées depuis qu'il les dispersait en veilles, depuis qu'il négligeait d'assouplir et d'alimenter son corps, devenaient promptes à le trahir.

« Deux tours ! vraiment ! deux tours avant moi ! Et après moi, combien ? Et en les additionnant tous, moi compris, combien de tours ? »

Il revoyait, aux côtés d'une Léa de bleu vêtue, de mouettes coiffée, un Spéleïeff haut et large, tout riant. Petit garçon, il se souvenait d'une Léa triste, rouge d'avoir pleuré, et qui lui caressait les cheveux en l'appelant « sale graine d'homme »...

L'amant de Léa... Le nouveau béguin de Léa... Mots traditionnels et sans portée, usuels comme les prédictions météorologiques, comme la cote d'Auteuil, comme les vols domestiques. « Tu viens, gosse ? » disait Spéleïeff à Chéri. « On va prendre un porto à Armenonville en attendant que Léa rejoigne, je ne peux pas la tirer du pieu, ce matin… »

« Elle a un nouveau petit Bacciocchi ravissant ! » annonçait Mme Peloux à son fils, alors âgé de quatorze ou quinze ans…

Mais, faisandé et frais tout ensemble, familier de l'amour, aveuglé par l'évidence de l'amour, Chéri parlait amour, en ce temps-là, à la manière des enfants qui ont appris d'un langage tous les mots, suaves ou sales, comme des sons purement musicaux et privés d'origine. Aucune image vivante et voluptueuse ne se levait dans l'ombre de ce grand Spéleïeff, à peine levé du lit de Léa. Et ce « petit Bacciocchi ravisant » quelle différence y avait-il entre lui et un « pékinois de toute beauté » ?

Portraits, lettres, récits tombés de la seule bouche qui eût été véridique, rien n'avait franchi, jamais, l'étroit éden où vivaient ensemble Léa et Chéri, pendant des années. Presque rien de Chéri ne datait d'avant Léa, comment se fût-il soucié de ce qui avait, avant lui, mûri, chagriné ou enrichi son amie ?

Un enfant blond, aux gros genoux, appuya ses bras croisés sur le banc, à côté de Chéri. Ils se regardèrent avec une expression identique de réserve offensée, car Chéri traitait tous les enfants en étrangers. Celui-ci laissa ses yeux d'un bleu pâle sur ceux de Chéri, un long temps, et Chéri vit monter, d'une petite bouche anémique jusqu'aux prunelles bleu de lin, une sorte de sourire indicible, plein de mépris. Puis l'enfant se détourna, reprit dans la poussière des jouets souillés, et se mit à jouer au pied du banc, en supprimant Chéri de ce monde, alors Chéri se leva et s'en alla.

Une demi-heure après il gisait dans une eau tiède, odorante, troublée d'un parfum laiteux, et il jouissait du luxe et du bien-être, de l'onctueux savon, des bruits adoucis de la maison, comme s'il les eût mérités par un très grand courage ou savourés pour la dernière fois.

Sa femme rentra, fredonnante, cessa de fredonner à sa vue et ne cacha pas assez son muet étonnement de rencontrer Chéri chez lui, en peignoir de bain. Il l'interrogea sans ironie :

— Je te gêne ?

— Pas du tout, Fred.

Elle quittait ses vêtements de la journée avec une liberté jeune, écartée de la pudeur et de l'impudeur, avec une hâte vers la nudité et l'eau, qui divertit Chéri.

« Comme je l'avais oubliée », songeait-il en regardant le dos d'esclave, sinueux, aux vertèbres cachées, de la femme penchée qui dénouait son soulier.

Elle ne lui parlait pas, agissait en sécurité comme une femme qui se sent seule, et il revit l'enfant dans la poussière qui jouait tout à l'heure, à ses pieds, avec la volonté de ne le point voir.

— Dis-moi...

Edmée releva un front surpris, un doux corps demi-nu.

— Qu'est-ce que tu dirais si nous avions un enfant ?

— Fred !... À quoi penses-tu !

Ce fut presque un cri de terreur, et Edmée tenait maintenant d'une main un chiffon de linon serré contre sa gorge, tandis que son autre main attirait à tâtons le premier kimono venu. Chéri ne put s'empêcher de rire.

— Veux-tu mon revolver ?... Je ne t'attaque pas, tu sais.

— Pourquoi ris-tu ? demanda-t-elle tout bas. Tu ne devrais jamais rire...

— Je ris rarement. Mais explique-moi, — on est si tranquilles, voyons, nous deux — explique-moi... C'est si terrible, pour toi, cette idée que nous aurions pu, que nous pourrions avoir un enfant ?

— Oui, dit-elle cruellement, et sa franchise inattendue sembla la blesser elle-même.

Elle ne quitta pas du regard son mari renversé dans un fauteuil bas, et murmura nettement, afin qu'il entendît :

— Un enfant... Pour qu'il te ressemble... Deux fois toi, deux fois toi dans une seule existence de femme ?... Non... Oh ! non...

Il commença un geste auquel elle se trompa.

— Non, je t'en prie... C'est tout. Je ne dirai pas un mot de plus. Laissons tout en place. Nous n'avons qu'à faire un peu attention, et continuer... Je ne te demande rien.

— Ça t'arrange ?

Elle ne répondit que par un regard qui seyait à sa nudité de captive, un regard plein d'impuissance injurieuse et de misérable plainte. Sa joue poudrée de frais, sa bouche jeune et rougie, le léger halo brun autour des yeux bruns, l'apprêt discret et soigné de tout le visage accentuait par contraste le désordre de son corps, nu sauf le linge de soie froissée qu'elle serrait sur ses seins.

« Je ne peux plus la rendre heureuse », pensait Chéri, « mais je peux encore la faire souffrir. Elle ne m'est pas complètement infidèle. Tandis que moi, qui ne la trompe pas, je l'ai abandonnée. »

Détournée de lui, Edmée s'habillait. Elle avait repris sa liberté de mouvements, sa menteuse indulgence. Une robe d'un rose très pâle cachait maintenant la femme qui appuyait si fort son dernier voile sur sa gorge comme sur une blessure.

Elle avait recouvré son élastique volonté, le désir de vivre, de régir, la prodigieuse et femelle aptitude au bonheur. De nouveau Chéri la méprisa, mais vint un moment où la lumière du soir, traversant la robe légère, délimita une forme de jeune femme qui ne ressemblait plus à la blessée nue, une forme aspirée vers le ciel, énergique et ronde comme un serpent dressé.

« Je peux encore lui faire mal, mais comme elle guérit vite... Ici non plus, je ne suis ni nécessaire, ni attendu... Elle m'a dépassé, et s'en va ailleurs, je suis, dirait la vieille, son premier tour... À moi de l'imiter, si je pouvais. Mais je ne peux pas. Et encore, est-ce que je voudrais, si je pouvais ? Edmée n'a pas buté, elle, sur ce qu'on rencontre une fois seulement et dont on reste assommé... Spéléïeff disait qu'après une certaine chute qui ne leur a pourtant coûté aucun membre, il y a des chevaux qu'on tuerait devant l'obstacle plutôt que de les faire sauter... J'ai eu le mauvais obstacle... »

Il cherchait encore des comparaisons sportives, un peu brutales, qui eussent assimilé sa ruine et son mal à un accident. Mais sa nuit, qu'il commença trop tôt, et ses songes d'homme recru furent visités d'images suaves, de coulissés bleu-de-ciel et de réminiscences dues à la littérature impérissable qui franchit le seuil foulé des logis vénaux, vers et proses voués à la constance, aux amants que la mort ne saurait disjoindre, vers et proses où puisent, égaux en crédulité et en exaltation, les courtisanes usées et les adolescents...

— Alors, elle me dit : « Je sais d'où vient le coup, c'est encore Charlotte qui m'a fait des histoires... » « C'est bien fait, je lui dis, tu n'as qu'à ne pas fréquenter Charlotte comme tu fais, et à ne pas tout lui confier. » Elle me répond : « Je suis plus habituée à Charlotte qu'à Spéleïeff, et depuis plus longtemps. Je t'assure que Charlotte, Neuilly, le bésigue et le petit me manqueraient plus que Spéleïeff, on ne se refait pas. » « N'empêche, je lui dis, que ça te coûte cher, ta confiance en Charlotte. » « Oh ! bien, qu'elle me dit, il faut bien payer ce qui est bon. » Tu la reconnais là, grande et généreuse toujours, mais pas dupe. Et là-dessus, elle s'en va passer sa robe pour les courses, elle me dit qu'elle allait aux courses avec un gigolo...

— Avec moi ! cria Chéri aigrement. Je le sais, peut-être ?

— Je ne le conteste pas. Je te répète les choses comme elles se sont passées. Une robe blanche, en soie de Chine blanche, exotique, avec une bordure en broderie chinoise véritable bleue, la même robe que tu lui vois ici sur la photo prise aux courses. Et rien ne m'ôtera de l'idée que l'épaule d'un homme qu'on voit derrière elle, c'est toi.

— Apporte-la-moi, ordonna Chéri.

La vieille femme se leva, retira les punaises rouillées qui fixaient au mur la photographie et l'apporta à Chéri. Couché sur le divan algérien, il souleva sa tête décoiffée et ne jeta qu'un coup d'œil sur l'instantané qu'il lança à travers la pièce...

— Tu m'as jamais vu des cols qui bâillent par-derrière, et une jaquette pour aller aux courses ? Allez, allez, autre chose ! Celle-là ne m'amuse pas.

Elle fit entendre un « tt ! tt ! » de blâme timide, plia ses genoux raides pour ramasser le carton, et ouvrit la porte qui donnait accès sur le vestibule.

— Où vas-tu ? cria Chéri.

— L'eau de mon café bout, je l'entends. Je vais la verser.

— Bon. Mais reviens après !

Elle disparut dans un bruit de taffetas usé et de pantoufles sans talons. Seul, Chéri reposa sa nuque contre le coussin de moquette à dessins tunisiens. Une robe japonaise neuve et éclatante, brodée de glycines roses sur un fond couleur d'améthyste remplaçait son veston et son gilet. Une cigarette fumée trop longtemps lui séchait la lèvre et ses cheveux en éventail, touchant ses sourcils, couvraient à demi son front.

Aucune ambiguïté ne lui venait du vêtement féminin ni des fleurs brodées ; mais une souveraineté ignominieuse donnait à tous ses traits leur juste valeur. Il semblait brûler de nuire et de détruire, et la photographie lancée par sa main avait volé comme une lame. Des os délicats et durs remuaient dans ses joues selon la contraction rythmée des mâchoires. La lumière blanche et noire de ses yeux jouait dans l'ombre comme la crête du flot qui appelle et retient, la nuit, le rayon de la lune…

Mais quand il fut seul il appuya lourdement sa tête au coussin et il ferma les yeux.

— Seigneur ! s'exclama la Copine en rentrant, tu ne seras pas plus beau quand tu seras mort ! J'ai du café frais. En veux-tu ? Il a un arôme qui vous transporte aux îles bienheureuses…

— Oui. Deux morceaux.

Il lui parlait bref, et elle obéissait avec une douceur qui cachait peut-être un profond plaisir d'esclave.

— Tu n'as guère mangé, à dîner ?

— J'ai assez mangé.

Il but son café sans se lever, appuyé sur un coude. Une portière orientale, drapée en dais, descendait du plafond au-dessus du divan, abritant un Chéri d'ivoire, d'émail, de soie précieuse, couché sur une vieille laine rase pénétrée de poussière.

Sur une table de cuivre, la Copine disposa le café, une lampe à opium coiffée de son chapeau de verre, deux pipes, le pot de pâte, la tabatière d'argent pour la cocaïne, un flacon dont le bouchon solidement enfoncé ne maîtrisait pas tout à fait la froide et traîtresse expansion de l'éther. Elle y joignit un jeu de tarots, un étui à jeu de poker, une paire de lunettes, puis elle s'assit, avec une componction de garde-malade.

— Je t'ai déjà appris, gronda Chéri, que toute cette panoplie ne m'intéresse pas.

Elle protesta, de ses deux mains tendues, blanches à écœurer. Chez elle, elle adoptait, disait-elle, un « genre Charlotte Corday », la chevelure lâche, de grands fichus de linon blanc croisés sur son deuil poussiéreux, et toute ressemblante, ensemble digne et déchue, à mainte héroïne de la Salpêtrière.

— Ça ne fait rien, Chéri. C'est en cas. Et je suis si contente de voir tout mon petit fourbi là, sous mes yeux, bien en ordre. L'arsenal du rêve ! Les munitions du délire, la porte des illusions !

Elle hochait sa longue tête, levait au plafond des yeux compatissants de grand-mère qui se ruine en joujoux. Mais son hôte ne touchait à aucun philtre. Une sorte d'honorabilité physique survivait en lui, et son dédain des drogues rejoignait son dégoût des maisons publiques.

Depuis un nombre de jours qu'il ne comptait pas, il entrait quotidiennement dans ce trou noir, où veillait cette Parque asservie. Il donnait de l'argent, sans bonne grâce et sans discussion, pour les repas, le café, les liqueurs de la Copine, et pour ses provisions personnelles de cigarettes, de glace, de fruits et de sirops. Il avait chargé son ilote d'acheter le somptueux vêtement japonais, des parfums, des savons fins. Moins cupide qu'enivrée de complicité, elle se vouait à Chéri avec un zèle où revivait son prosélytisme d'autrefois, le bénisseur et coupable empressement qui déshabillait et baignait la pucelle, cuisait la perle d'opium, versait l'alcool ou l'éther. Apostolat déçu, car l'hôte singulier n'amenait point de femelles, buvait des sirops, s'étendait sur le vieux divan et commandait seulement :

— Parle.

Elle parlait, et croyait parler à sa guise. Mais il gouvernait, tantôt brutal, tantôt subtil, un cours boueux et lent de souvenirs. Elle parlait comme une couturière à la journée, avec la continuité, la monotonie enivrante des femmes qui s'adonnent aux tâches longues et immobiles. Mais elle ne cousait jamais, et révélait ainsi son incurie aristocratique d'ancienne prostituée.

Elle épinglait, en parlant, un pli sur un trou ou sur une tache, et reprenait un travail de tarots et de réussites. Elle se gantait pour moudre le café acheté par la femme de ménage, et maniait sans dégoût des cartes qu'obscurcissait un glacis de crasse.

Elle parlait et Chéri écoutait la voix anesthésiante, le bruit des pieds feutrés et traînants. Dans le gîte négligé, il reposait en robe magnifique. Sa gardienne ne se risquait pas à questionner. Il lui suffisait de reconnaître, dans l'abstention totale, la monomanie. Elle servait un mal mystérieux, mais un mal. Elle convoqua, à tout hasard et comme par ponctualité, une très jolie jeune femme, enfantine et gaie professionnellement. Chéri ne la regarda ni plus ni moins qu'un petit chien et dit à la Copine :

— C'est fini, ces mondanités ?

Elle ne se fit pas tancer deux fois, et il n'eut jamais besoin de lui demander le secret. Un jour, elle fut sur le chemin d'une vérité banale et proposa à Chéri la compagnie d'une ou deux amies du bon temps, par exemple Léa... Il ne sourcilla point :

— Personne. Ou bien je me cherche une autre crémerie.

Une quinzaine passa, funèbre et réglée comme une vie religieuse, et qui ne pesa à l'un ni à l'autre des deux reclus. Pendant le jour, la Copine allait à ses frivolités de vieille femme, pokers et whiskies, tripots clandestins, parlotes empoisonnées, déjeuners provinciaux dans l'étouffante obscurité d'un cabaret limousin ou normand... Chéri arrivait avec la première ombre du soir, parfois trempé de pluie. Elle reconnaissait le claquement de la portière du taxi, et ne demandait plus : « Mais pourquoi n'as-tu jamais ton auto ? »

Il partait après minuit, généralement avant le jour. Pendant les longues stations sur le divan algérien, la Copine le vit quelquefois trébucher dans le sommeil, y rester pris comme au piège, le cou tordu sur l'épaule, immobile pour peu d'instants. Elle ne dormait qu'après son départ, ayant oublié le besoin du repos. Un petit matin qu'il reprenait, posément, pièce par pièce, le contenu de ses poches, — la clef et sa chaîne, le porte-billets, le petit revolver plat, le mouchoir, l'étui à cigarettes en or vert – elle osa questionner :

— Ta femme ne te cherche pas de raisons, quand tu rentres aussi tard ?

Chéri haussa ses longs sourcils au-dessus de ses yeux agrandis d'insomnie.

— Non. Pourquoi ? Elle sait bien que je ne fais rien de mal.

— C'est vrai qu'un enfant n'est pas plus raisonnable que tu l'es... Tu viens ce soir ?

— Je ne sais pas. Je verrai. Fais comme si je venais sûrement.

Il attachait encore un regard sur toutes les nuques blondes, tous les yeux bleus qui fleurissaient une paroi de son asile et s'en allait, pour revenir fidèlement quelque douze heures plus tard.

Quand il avait amené la Copine, par des détours qu'il croyait savants, à parler de Léa, il déblayait le récit des déchets libertins qui le retardaient. « Passe, passe... » Il prononçait à peine le mot dont seuls les *s* sifflants coupaient et fouaillaient le monologue. Il ne voulait entendre que des réminiscences sans venin, des glorifications purement descriptives... Il exigeait de la chroniqueuse un respect documentaire de la vérité, et la reprenait hargneusement. Il notait dans sa mémoire des dates, des couleurs, des noms d'étoffes, de localités, de couturiers.

— Qu'est-ce que c'est, de la popeline ? demandait-il à brûle-pourpoint.

— De la popeline ? C'est une étoffe soie et laine, sèche, tu sais, qui ne colle pas...

— Oui. Et du mohair ? Tu as dit : du mohair blanc.

— Le mohair, c'était un genre alpaga, en plus tombant, tu vois ? Léa craignait le linon en été, elle prétendait que c'était bon pour le linge de corps et les mouchoirs... Elle avait du linge de reine, tu t'en rappelles, et au moment de cette photo-là... oui, la belle aux grandes jambes... on n'était pas au linge plat comme aujourd'hui. C'était des ruchés et des ruchés, une écume, une neige, et des pantalons, mon petit, à vous donner le vertige, les côtés en chantilly blanc, le milieu en chantilly noir, tu vois l'effet !... Tu le vois ?

« Écœurant, pensait Chéri. Écœurant. Le milieu en chantilly noir. Une femme ne met pas des milieux en chantilly noir pour elle seule. Elle portait ça devant qui ? pour qui ? »

Il revoyait le geste de Léa quand il entrait dans la salle de bains ou dans le boudoir, le geste furtif de la gandourah recroisée. Il revoyait la chaste confiance du corps rosé, nu dans la baignoire, rassuré par l'eau laiteuse qu'une essence troublait...

« Mais pour d'autres, des pantalons en chantilly... »

Il rejeta à terre, d'un coup de pied, l'un des coussins de moquette bourré de foin.

— Tu as trop chaud, Chéri ?

— Non. Passe-moi un peu la photographie, la grande, encadrée... Tourne le truc de ta lampe de table. Encore... là !

Perdant sa prudence habituelle, il étudia de son œil perçant des détails qui lui furent nouveaux, presque rafraîchissants.

« Une ceinture haute, avec des camées... Jamais vu ça chez elle. Et des cothurnes à l'antique. Elle avait un maillot ? Non, naturellement, les doigts de pied sont nus. Écœurant... »

— Chez qui le portait-elle, ce costume ?

— Je ne sais plus bien... Une soirée de cercle, je crois... Ou chez Molier...

Il rendit le cadre, à bout de bras, dédaigneux et ennuyé en apparence. Il partit peu après, sous un ciel encore fermé, par une fin de nuit qui sentait la fumée de bois et le lavoir.

Il changeait sensiblement et ne s'en rendait guère compte. À manger et dormir peu, marcher et fumer beaucoup, il perdait du poids, troquait sa vigueur évidente contre une légèreté, un faux rajeunissement que la lumière du jour récusait. Chez lui, il vivait à sa guise, acceptait ou fuyait des convives, des passants qui ne savaient de lui que son nom, sa beauté peu à peu pétrifiée et comme corrigée par un ciseau accusateur, et son inconcevable aisance à les ignorer.

Il porta ainsi jusqu'aux derniers jours d'octobre son paisible et bureaucratique désespoir. L'hilarité le prit, un après-midi, à cause d'un mouvement de fuite involontaire qu'il surprit chez sa femme. Il s'éclaira soudain d'une gaieté d'immunisé : « Elle me croit fou, quelle chance ! »

Sa gaieté ne dura point, car il réfléchit que, du méchant ou du fou, l'avantage est pour le méchant. Effrayée par le fou, Edmée ne fût-elle pas demeurée là, mordant sa lèvre et refoulant ses larmes, afin de conquérir le méchant ?

« On ne me croit même plus méchant », pensa-t-il avec amertume. « C'est que je ne le suis plus. Ah ! quel mal m'a fait la femme que j'ai quittée… D'autres l'ont laissée pourtant, elle en a laissé d'autres… Comment vivent, à cette heure, Bacciocchi, par exemple, Septfons, Spéleïeff, tous les autres ?… Mais qu'ont de commun tous les autres et moi ?… Elle m'appelait "petit bourgeois" parce que je comptais les bouteilles dans sa cave. Petit bourgeois, homme fidèle, grand amoureux, voilà mes noms, voilà mes vrais noms, et elle, toute vernie de larmes à mon départ, c'est pourtant elle, Léa, qui me préfère la vieillesse, elle qui compte sur ses doigts, au coin du feu : "J'ai eu Chose, Machin, Chéri, Un tel…" Je croyais qu'elle était à moi, et je ne m'apercevais pas que j'étais seulement un de ses amants. De qui puis-je ne pas rougir, à présent ?… »

Rompu à une gymnastique d'impassibilité, il s'occupait à subir le capricieux ravage en possédé digne de son démon. Orgueilleux, l'œil sec, la main ferme tenant l'allumette enflammée, il surveillait de biais sa mère qu'il sentait attentive. Ayant allumé sa cigarette, il se serait, pour un peu, pavané devant un public invisible, il eût nargué « hein ? » ses tourmenteurs. Confuse la force qui naît de la dissimulation et de la résistance se formait péniblement, au plus profond de lui-même, et il goûtait l'excès de son détachement, avec l'obscure prescience qu'un paroxysme peut s'utiliser et s'exploiter comme une accalmie, et que l'on trouve alors en lui le conseil que refuse la sérénité. Enfant, Chéri profitait souvent d'une colère réelle pour développer une irritation intéressée. Aujourd'hui, il se rapprochait déjà du point où, parvenu à une détresse formelle, il s'en remettait à elle du soin de tout conclure…

Un après-midi de septembre balayé de vent actif et de feuilles voguant horizontales, un après-midi de crevasses bleues dans le ciel et de gouttes d'eau éparses, appelait Chéri vers son noir abri, vers sa servante de noir vêtue avec un peu de blanc sur le poitrail, comme les chats des poubelles. Il se sentait léger, avide de confidences qui étaient comme l'arbouse douceâtres, et comme elle armées d'épines. Il se chantait par avance des mots, des phrases qui avaient une vertu mal définie : « Son chiffre brodé en cheveux, mon petit, en cheveux blonds de sa tête sur son linge… une œuvre des fées ! La masseuse lui ôtait les poils des mollets à la pince, un à un… »

Il quitta la fenêtre et se retourna. Charlotte, assise, contemplait son fils de bas en haut, et il vit, sur l'eau inapaisable des grands yeux, se former une lueur convexe, mobile, cristalline, prodigieuse, qui se détacha de la prunelle mordorée et que le feu de la joue congestionnée, sans doute, volatilisa… Chéri se sentit flatté et égayé : « Qu'elle est gentille ! Elle me pleure !… »

Il trouva, une heure après, sa vieille complice à son poste. Mais elle était coiffée d'une sorte de chapeau de curé, empaquetée d'un ciré noir, et elle tendit à Chéri un papier bleu qu'il écarta.

— Quoi ?… Je n'ai pas le temps. Explique ce qu'il y a dessus.

La Copine leva sur lui un regard perplexe :

— C'est ma mère.

— Ta mère ? Tu rigoles ?

Elle essaya d'être offensée.

— Je ne rigole pas du tout. Respect aux mânes ! Elle est morte.

Elle ajouta en façon d'excuse :

— Elle avait quatre-vingt-trois ans.

— Mes compliments. Tu sors ?

— Non, je pars.

— Pour où ?

— Pour Tarascon, et de là j'ai un petit embranchement local qui me met…

— Combien de temps ?

— Quatre, cinq jours… au moins… Il y a le notaire à voir, à cause du testament, parce que ma sœur cadette…

Il éclata, les bras au ciel :

— Une sœur, à présent ! Pourquoi pas quatre enfants ?

Il entendit que sa propre voix criait sur un ton haut et imprévu, et il se maîtrisa.

— Bon, bien. Qu'est-ce que tu veux que j'y fasse, à tout ça ? Pars, pars…

— J'allais te laisser un mot, je prends sept heures trente.

— Prends sept heures trente.

— L'heure des obsèques n'est pas marquée sur la dépêche, ma sœur me parle seulement de la mise en bière, le climat est très chaud là-bas, on sera forcé de faire vite, il n'y a que les formalités qui me retiendraient. Avec les formalités, on n'est pas maître...

— Evidemment, évidemment.

Il marchait, de la porte au mur des photographies, du mur à la porte. Au passage, il heurtait un sac de voyage affaissé. La cafetière et les tasses fumaient sur la table.

— Je t'ai fait du café, à tout hasard...

— Merci.

Ils burent debout, comme dans une gare, et le froid des départs serrait la gorge de Chéri, qui grelottait secrètement des mâchoires.

— Alors au revoir, mon petit, dit la Copine. Tu penses que je me dépêcherai.

— Au revoir. Fais un bon voyage.

Ils se touchèrent la main, et elle n'osa pas l'embrasser.

— Tu ne restes pas ici un petit moment ?

Il regarda autour de lui avec agitation.

— Non. Non.

— Prends la clef ?

— Pourquoi faire ?

— Tu es chez toi, ici. Tu as tes habitudes. J'ai dit à Maria de venir à cinq heures faire une flambée et le café, tous les jours... Prends toujours ma clef ?

Il prit mollement une clef qu'il trouva énorme. Dehors, il eut envie de la jeter, ou de la reporter chez la concierge.

Enhardie, la vieille femme lui fit, entre le vestibule et le trottoir, les recommandations dont elle eût chargé un enfant de douze ans.

— L'électricité est à main gauche en entrant. La bouilloire est toujours sur le gaz dans la cuisine, il n'y a qu'une allumette à passer dessous... Ta robe japonaise, les ordres sont donnés à Maria qu'elle soit pliée sur le coin du divan, et les cigarettes à leur place.

Chéri répondait « oui, oui » de la tête, de l'air insouciant et courageux qu'arborent les lycéens, le matin de la rentrée. Et lorsqu'il fut seul il ne se moqua pas de sa servante aux cheveux teints, qui cotait à leur prix les dernières prérogatives et les plaisirs d'un abandonné.

Il sortit, le matin suivant, d'un rêve indéchiffrable au sein duquel des passants s'empressaient et couraient tous dans le même sens. Il les connaissait tous, bien qu'il ne les vît que de dos. Il nommait au passage sa mère, Léa nue singulièrement et essoufflée. Desmond, la Copine, le fils Maudru... Edmée fut la seule à se retourner et à sourire d'un grinçant petit sourire de martre. « Mais c'est la martre que Ragut avait prise dans les Vosges ! » s'écriait Chéri dans son rêve, et cette découverte lui causait un plaisir démesuré. Puis il nommait et comptait encore ceux qui couraient dans le même sens, et se disait : « Il en manque un... Il en manque un... » Hors du songe déjà, en deçà du réveil encore, il lui fut révélé que le manquant n'était autre que lui-même : « Je vais y retourner... » Mais l'effort d'insecte englué qui tendit tous ses membres élargit entre ses paupières une barre bleue, et il émergea dans une réalité où il gaspillait ses forces et ses heures. Il étendit ses jambes, les baigna dans une région fraîche des draps : « Edmée est levée depuis longtemps. »

Sous la fenêtre, un jardin nouveau, d'anthémis jaunes et d'héliotropes, le surprit, il ne se souvenait que du jardin d'été, bleu et rose. Il sonna, et son coup de sonnette suscita une femme de chambre inconnue, qu'il interrogea :

— Où est Henriette ?

— Je la remplace, Monsieur.

— Depuis quand ?...

— Mais... depuis un mois...

Il fit : « ah ! » comme il eût dit « tout s'explique ».

— Où est Madame ?

— Madame vient, Monsieur, elle est prête à sortir.

Edmée entra en effet, vive, mais marquant sur le seuil un arrêt dont Chéri s'amusa intérieurement. Il se donna le plaisir d'inquiéter un peu plus sa femme, en s'écriant : « Mais c'est la martre de Ragut ! » et les beaux yeux vacillèrent une seconde sous les siens.

— Fred, je...

— Oui, tu sors. Je ne t'ai pas entendue te lever ?

Elle rougit très faiblement.

— Ça n'a rien d'extraordinaire, je dors si mal ces nuits-ci que j'ai fait mettre des draps au divan, dans le boudoir... Tu ne fais rien de spécial aujourd'hui, n'est-ce pas ?

— Si, dit-il sombrement.

— C'est grave ?

— Très grave.

Il prit un temps, et acheva d'un ton léger :

— Je vais me faire couper les cheveux.

— Mais tu déjeunes ?

— Non, je mangerai une côtelette dans Paris, j'ai pris rendez-vous chez Gustave à deux heures un quart. L'employé qui vient d'habitude est malade.

Le mensonge fleurissait sur sa bouche sans effort, courtois, puéril. Parce qu'il mentait, il retrouvait sa bouche d'enfant, arrondie en baiser et avancée coquettement. Edmée le regarda avec une sorte de complaisance masculine.

— Tu as bonne mine ce matin, Fred... Je me sauve.

— Tu prends sept heures trente ?

Elle le dévisagea, saisie, et partit si précipitamment qu'il en riait encore lorsqu'elle referma la porte du rez-de-chaussée.

« Ah ! ça fait du bien », soupira-t-il. « Comme on rit facilement quand on n'attend plus rien de personne... » Ainsi il inventait, en s'habillant, l'ascétisme, et la petite chanson fausse, à bouche fermée, qu'il fredonna, lui tint compagnie comme une nonne niaise.

Il descendit vers Paris qu'il avait oublié. La foule fit chanceler son équilibre paradoxal qui réclamait un vide de cristal et la routine de la douleur. Son image dans une glace, rue Royale, l'atteignit de face, et de la tête aux pieds, au moment où l'éclaircie de midi divisait des nuages pluvieux, et Chéri ne discuta pas avec cette image crue, nouvelle, dressée sur un fond de midinettes et de crieurs de journaux, flanquée de colliers de jade et de renards argentés. Il pensa que certain flottement intérieur, qu'il comparait au grain de plomb sautillant dans la balle de celluloïd, provenait de l'inanition et il se réfugia dans un restaurant.

Le dos à la paroi vitrée, protégé du jour, il déjeuna d'huîtres fines, de poisson, de fruits. Des jeunes femmes proches, qui ne prenaient pas garde à sa présence, lui causèrent un agrément analogue à celui que donne un bouquet de violettes froides appliqué sur des paupières fermées. Mais l'arôme du café, soudain, rendit Chéri à l'urgence de se lever, d'aller au rendez-vous que lui assignait cet arôme de café frais. Avant d'obéir, il entra chez son coiffeur, tandit ses mains à la manucure et glissa, pendant que des paumes expertes substituaient leur volonté à la sienne, dans un moment d'inestimable repos.

L'énorme clef barrait sa poche. « Je n'irai pas, je n'irai pas... » À la cadence d'un tel refrain, ressassé, détergé de tout sens, il parvint sans peine à l'avenue de Villiers. Sa maladresse à tâtonner autour de la serrure, le grincement de la clef, accélérèrent un moment son cœur, mais une vivante tiédeur, dans le vestibule, apaisa tous ses nerfs.

Il avançait avec précaution, maître de cet empire de quelques pieds carrés qu'il possédait et ne connaissait pas. La femme de ménage stylée avait préparé, sur la table, l'inutile arsenal quotidien, et la braise mourait sous un velours de cendres chaudes, autour d'une cafetière de terre brune. Méthodiquement, Chéri retira de ses poches et rangea l'étui à cigarettes, la grosse clef, la petite clef, le revolver plat, le porte-billets, le mouchoir et la montre. Mais vêtu de la robe japonaise il ne s'étendit pas sur le divan. Il ouvrit des portes, scruta des placards, avec une curiosité silencieuse de chat. Un cabinet de toilette sommaire, féminin quand même, fit reculer sa singulière pruderie. La chambre à coucher, meublée surtout d'un lit, et tendue elle aussi de ce rouge triste qui s'installe autour des existences déclinantes, sentait le vieux garçon et l'eau de Cologne, et Chéri revint au salon. Il alluma les deux appliques, le lustre à nœuds de ruban. Il écoutait les bruits faibles, expérimentait sur lui-même, seul pour la première fois dans le bas logis, le pouvoir de ceux, défunts ou passants, qui l'avaient peuplé. Il crut entendre et reconnaître un pas familier, son bruit de savates ou de pattes d'animal âgé, puis secoua la tête.

« Ce n'est pas elle. Elle ne sera là que dans huit jours. Et quand elle sera revenue, qu'aurai-je de plus dans ce monde ?... J'aurai... »

Il prêta mentalement l'oreille à la voix de la Copine, la voix usée de couche-dehors... « Et donc que je te finisse l'histoire de l'engueulade aux courses, entre Léa et le père Mortier. Le père Mortier croyait qu'avec de la publicité dans le *Gil Blas*, il aurait tout ce qu'il voudrait de Léa. Ah ! la la, mes enfants, quel bec de gaz !... Elle s'amène à Longchamp, bleue comme un rêve, posée comme une image dans sa victoria attelée de deux chevaux pie... »

Il releva la tête vers la paroi où, devant lui, souriaient tant d'yeux bleus, se rengorgeaient tant de cous moelleux au-dessus de seins impassibles :

« J'aurai cela. J'aurai seulement cela. Il est vrai que c'est peut-être beaucoup. C'est une grande chance que je l'aie retrouvée, elle, sur ce mur. Mais après l'avoir retrouvée, je ne peux plus que la perdre. Je suis encore accroché, comme elle, à ces quelques clous rouillés, à ces épingles fichées de travers. Combien de temps cela tiendra-t-il ? Pas longtemps. Et puis, je me connais, je redoute une exigence plus grande. Je peux tout d'un coup crier : « Je la veux ! il me la faut ! tout de suite ! Alors, que ferai-je ?... »

Il poussa le divan vers le mur illustré et s'y coucha. Ainsi couché, celles des Léa qui avaient les yeux baissés semblaient s'occuper de lui. « Mais ce n'est qu'un air qu'elles ont, je le sais bien. Qu'est-ce que tu comptais donc me laisser après toi, ma Nounoune, quand tu m'as renvoyé ? Tu as fait de la grandeur d'âme à bon compte, tu savais ce que c'était qu'un Chéri, tu ne risquais pas grand-chose. Mais, toi de naître si longtemps avant moi, moi de t'aimer au-dessus des autres femmes, nous en avons été bien punis : te voilà finie et consolée que c'en est une honte, et moi... Moi, tandis que les gens disent : il y a eu la guerre, je peux dire : il y a eu Léa, la guerre... Je croyais que je ne songeais pas plus à l'une qu'à l'autre, c'est l'une et l'autre pourtant qui m'ont poussé hors de ce temps-ci. Désormais, je n'occuperai partout que la moitié d'une place... »

Il attira à lui la table, pour consulter sa montre.

« Cinq heures et demie. La vieille ne sera là que dans huit jours... Et c'est le premier jour. Et si elle mourait en route ?... »

Il s'agita un peu sur son divan, fuma, se versa une tasse de café tiède.

« Huit jours. Il ne faudrait tout de même pas trop m'en demander. Dans huit jours... quelle histoire me racontera-t-elle ?

Je sais par cœur celle des Drags, celle de l'engueulade à Longchamp, celle de la rupture, – et quand je les aurai toutes entendues, tellement et tellement, qu'est-ce qui viendra après ?... Plus rien. Dans huit jours, cette vieille que j'attends déjà comme si elle devait me faire une piqûre, cette vieille sera là... et elle ne m'apportera rien. »

Il tourna vers le portrait préféré un mendiant regard. Déjà la ressemblante image ne lui inspirait plus qu'une rancune, une extase, une palpitation diminuées. Il se tournait de côté et d'autre sur le sommier de moquette, et il imitait, malgré lui, les contractions musculaires de l'homme qui veut sauter de haut et n'ose.

Il s'excita à gémir tout haut et à répéter : « Nounoune... Ma Nounoune... » pour se faire croire qu'il était exalté. Mais il se tut, honteux, car il savait bien qu'il n'avait pas besoin d'exaltation pour prendre le petit revolver plat sur la table. Sans se lever, il chercha une attitude favorable, finit par s'étendre sur son bras droit replié qui tenait l'arme, colla son oreille sur le canon enfoncé dans les coussins. Son bras commença tout de suite à s'engourdir et il sut que s'il ne se hâtait pas ses doigts fourmillants lui refuseraient l'obéisance. Il se hâta donc, poussa quelques plaintes étouffées de geindre à l'ouvrage, parce que son avant-bras droit, écrasé sous son corps, le gênait, et il ne connut plus rien de la vie au-delà d'un effort de l'index sur une petite saillie d'acier fileté.

Achevé d'imprimer en Italie par Grafica Veneta
en mars 2022
Dépôt légal avril 2022
EAN 9782290374085
OTP L21ELLN001147N001

—

Composition : PCA

—

ÉDITIONS J'AI LU
87, quai Panhard-et-Levassor, 75013 Paris
Diffusion France et étranger : Flammarion

Librio

15